Ils vont tuer vos fils

Guillaume Perilhou

Ils vont tuer vos fils

roman

Éditions de L'Observatoire

ISBN : 979-10-329-2570-6
Dépôt légal : 2022, août

170 *bis*, boulevard du Montparnasse, 75014 Paris

à M. K.

« Il n'a pas de place dans ce monde ! On le pourchasse ! Maman ! »

Gogol, *Le Journal d'un fou*

Je porte pour toujours la solitude de ceux qui ont vécu avant moi dans l'ombre et la révolte tue.

Partie I

« L'an 190. un scandaleux procès remit sur le tapis une fois encore l'irritante question de l'uranisme. »

Gide, *Corydon*

Avec ma mère on avait pris le train qui rappelait le samedi, il y a longtemps, quand on allait chez mes grands-parents. Ce même train de Quimper à Brest qui nous conduisait vers le silence, là où l'on ne pouvait parler de rien, fallait rester léger, ne pas discuter de politique parce qu'ils n'y connaissaient rien mes grands-parents, encore moins de musique ou de choses tristes qui les rendaient sourds. Il y avait des repas interminables avec la télé dans le fond, *Les Feux de l'amour* remplacés par des émissions dans lesquelles les gens partageaient leurs malheurs avant les promenades, toujours les mêmes en bord de mer où ma grand-mère nous conduisait trop lentement. Elle me demandait seulement Comment ça va l'école ? l'unique question, parfois Quand est-ce que tu nous présentes une copine ? puis aussitôt Ah tant mieux c'est bien - elle répondait avant même que je ne le fasse, elle ne supportait pas les choses qui ne vont pas ma grand-mère, la réalité dans le fond, c'est qu'elle refusait d'affronter la peine parce qu'elle en était remplie. Elle avait gardé la même coiffure depuis les années cinquante, une mise en pli de vioque, celle qu'elle avait du temps de sa jeunesse, de son mariage avec mon grand-père, quand elle croyait encore que ç'allait être bien. Je n'ai jamais discuté avec mon grand-père, un midi je lui avais demandé si je pouvais m'asseoir à côté de lui, Tu t'assoiras où on te dira de t'asseoir il m'avait répondu d'une grosse voix. Ma mère ne parlait jamais de lui, quand je lui posais une question à son propos elle répondait à côté ou me demandait si j'avais faim ou si je voulais jouer. Dans certaines familles il y avait le souvenir de la guerre, lui ne racontait jamais Franco, la fuite de l'Espagne quand il était gosse, jamais il n'en parlait parce qu'il était traumatisé ou parce qu'il n'avait rien à en dire, il se taisait. Mon grand-père était un fantôme.

On avait fait ce même trajet pour aller voir la juge peu après que j'ai dénoncé mon père. Alors dites-moi comment ça se passait elle m'a demandé, C'était dans la douche j'ai répondu, quand j'étais petit et que je ne savais pas encore me laver tout seul, il me caressait le cul et moi j'aimais ça au début ça faisait du bien j'en redemandais même parfois je disais t'arrête pas. Au début je ne me rendais pas compte que ce n'était pas normal, pas légal j'avais dit, j'étais gosse quand il a commencé, quatre ou cinq ans, il mettait sa main sur mon derrière et il frottait dedans sur la raie et puis sur mon sexe ou sur ma bite j'ai sans doute dit et il tirait il décalottait pour laver le bout c'est comme ça qu'on a su que j'avais un phimosis, parce que ça me faisait mal. Elle a froncé les sourcils la juge, s'est un peu reculée. Elle a dit Monsieur attendez, enfin monsieur je comprends pas bien, c'est normal pour un père de laver son enfant, enfin pour un parent quel qu'il soit, père ou mère, il faut aussi frotter les parties intimes, et on a commencé à s'embrouiller.

Je lui ai dit Attendez vous ne me croyez pas ? c'est quoi le délire, quelqu'un vient vous rapporter une agression sexuelle et vous Non rien circulez c'est ça la justice ? Elle a fermé les yeux et donné un léger coup de menton dans ma direction style bon continuez. J'ai repris Donc il le faisait, je ne sais pas, assez souvent, tous les trois quatre jours, les autres fois il me savonnait normalement, n'insistait pas, à ce moment-là ma mère à côté de moi me regardait sans expression, elle n'en pouvait plus elle avait trop souffert. Ça remuait son aigreur je crois parce qu'il était parti avec une autre juste après ma naissance, une collègue avocate, il est avocat, peut-être pour ça qu'il s'est permis tout ça je me suis dit, il doit se sentir un peu hors de portée, se dire que ça n'arrive qu'aux autres, aux plus faibles sans doute, aux non-initiés, il n'a jamais dû penser que les médecins eux aussi tombent malades. Je ne réfléchissais pas à comment formuler, je me disais c'est son métier à elle, elle en voit toute la journée des vertes et des pas mûres je ne vois pas ce qu'il y a de gênant, mais elle semblait surprise d'entendre des mots sans retenue comme s'il fallait être timide pour dire la vérité. Ça s'est compliqué quand on en est venu à ma mère, Bon dites-moi madame qu'en pensez-vous, vous croyez que c'est possible ça de la part de votre ex-mari ? alors elle a commencé à parler fort ma mère, Comment voulez-vous elle gueulait, comment voulez-vous que je sache, j'en sais rien de ce qui se passe chez lui je ne le connais plus ! Elle le traitait de tous les noms, depuis longtemps ma mère n'attendait plus rien des autres, alors elle a commencé par le début, avant que je sois là, des années plus tôt quand ça n'allait déjà pas fort. Elle racontait un jour près de Larmor, ils étaient en vacances chez ses parents à lui, ils marchaient sur la plage et elle avait parlé d'enfants, innocemment comme ça l'air de rien, ils étaient encore très jeunes, elle avait parlé de ça sans réfléchir l'air de dire dans l'absolu, dans l'idée, savoir ce qu'il en pensait d'avoir un jour des enfants et il s'était braqué. Il avait dit Ah non sûrement pas moi aujourd'hui des enfants impossible faut que je passe le barreau et je n'ai pas l'intention d'élever un enfant seul. Il avait dit *seul* alors que sa question à elle entendait d'en avoir à deux tous les deux, et les blessures étaient nées là. Je suis arrivé un an plus tard.

Il avait dit que ma mère l'avait fait exprès, il avait jeté son verre par terre il avait crié, elle disait qu'à ce moment-là elle avait cru que ç'allait me tuer, qu'elle allait faire une fausse couche, que c'était ce qu'il voulait mais je me suis accroché. Pendant des années il n'a pas voulu me voir et son absence nous arrangeait. Plus tard il s'est réveillé je ne sais pas vers mes quatre ou cinq ans, il a dit Je veux le garder moi aussi, au début elle disait Hors de question et puis elle a dû penser Non faut qu'un fils voie son père alors elle a consenti, j'allais là-bas une semaine de vacances de temps en temps, à Quimper enfin pas loin à la campagne dans un bled, il n'était pas parti loin. Une semaine de temps en temps moi ça m'allait, pas trop non plus parce qu'on ne se connaissait pas et que j'aimais ma mère plus que je l'aimais lui. C'est vrai qu'elle ne pouvait pas deviner ce qui s'y passait, au début je ne lâchais rien parce que comme je disais je ne voyais pas le mal et puis on était un peu copains, chez lui c'étaient des bonbons du Coca les vacances et les jours de repos où l'on pouvait faire des choses tard se coucher tard se lever tard. Elle répétait ça à la juge ma mère, qu'elle n'en savait rien, J'aimerais bien vous y voir elle lança, la juge ne bronchait pas elle avait une technique de psy, ils se taisent pour qu'on continue de parler parce que les gens ont peur des blancs – moi parfois avec les psys y a des moments hyper longs sans un mot, ça ne me dérange pas au contraire, je trouve que ça repose, ça laisse venir le temps. Elle fixait ma mère en silence et se réveillait soudain pour hausser le ton, Mais enfin madame écoutez madame, le ton sévère un peu peau de vache, c'était son rôle, elle s'énervait contre ma mère et contre moi parce que quand même il aurait pas fallu qu'on accuse un innocent. Vous savez que c'est grave, ce sont des accusations très graves Guillaume elle assénait et dans le fond elle devait être bien embêtée face à notre cas parce que les faits remontaient à loin, là je commençais l'adolescence, j'avais plus de chances enfin de risques de l'ouvrir, j'étais plus dangereux pour lui et peut-être que les poils de mes couilles ne lui plaisaient pas. Les années s'éloignaient, les gestes de mon père se confondaient dans le désordre.

Il a nié d'emblée. La juge lui avait envoyé une lettre comme à nous, une lettre de convocation, dans le droit comme dans la vie faut écrire pour que ça compte. Mon père était tombé de l'armoire – la juge l'a dit comme ça. Je me souviens de ce jour où ma mère l'a ouvert ce courrier en revenant de la boîte aux lettres, d'habitude elle pose tout sur la table de la cuisine, trie les publicités et le journal qu'elle jette d'emblée (ça fait longtemps qu'elle ne suit plus l'actualité, ça la déprime mais elle a trop la flemme de se désabonner ou peut-être qu'elle ne sait pas comment s'y prendre ou qu'elle a renoncé) avant de s'attaquer aux enveloppes. Cette fois l'expéditeur n'était pas au dos mais en haut à gauche : *Tribunal de grande instance de Brest*. Ma mère avait déchiré le papier devant la maison, sur la longueur, je l'avais prévenue pour mon père alors elle l'attendait depuis des jours des longs jours parce que la justice est aussi lente que la nuit tombe vite.

La juge nous a raccompagnés jusqu'à la porte, nous a serré la main les yeux dans les yeux, elle souriait un peu, une douceur de réconfort, une feuille qui tombe dans un champ rougi par la guerre.

De cette convocation je garde le visage gris de ma mère, vieilli par la cigarette, ses yeux perdus et ses pensées qui la traversaient comme des éclairs dont on devinait le grondement étouffé. Elle a l'air de toucher du doigt la fin de sa vie je pensais, ou en tout cas l'impossibilité désormais d'y faire face plus encore. À cette époque elle s'était refermée encore plus qu'elle ne l'était déjà.

Ma mère m'avait élevé dans la modernité, j'avais droit à toutes sortes de jouets, des poupées comme des camions. J'étais une sorte de pape à qui l'on offrait ce qu'il demandait, quand des connasses lui soufflaient Pourquoi tu lui achètes des jouets de fille elle répondait avec application même quand elle était fatiguée alors qu'elle aurait pu se taire ou ignorer ou s'énerver, Mais qu'est-ce que vous insinuez ? que j'élève mal mon enfant ? Les samedis sans train pour Brest étaient les seuls vrais jours de congé. Le dimanche y avait les devoirs, l'angoisse du lendemain, l'odeur du poulet qui cuisait et signifiait que c'était fini. Quand on se couchait le vendredi je demandais à ma mère On fera quoi demain ? On verra elle disait, elle ne répondait jamais autre chose que cela et je le savais mais j'essayais, j'espérais, je voulais un programme, qu'il y ait plein de choses à faire, un moyen de ne pas gâcher les seules heures de bonheur. Planifier la crispait, il n'était pas question de mettre des règles où il pouvait ne pas y en avoir ; très jeune elle m'a demandé ce que je souhaitais, comment je voyais les choses, à quelle heure manger me laver faire mes devoirs, à quelle heure décider de ci ou ça parce que ça la reposait, elle n'imposait rien, ni à moi ni à elle-même. Vite je me suis noyé, le moindre choix est devenu torture, je n'arrivais plus à trancher. Plongé dans le noir de ma chambre je glissais dans un ravin, je ne voyais pas d'expérience plus morbide que le moment du coucher. Je n'arrive toujours pas à m'endormir aujourd'hui, il me faut des heures, souvent de l'alcool ou des pétards, la baise aussi ça marche ou tout en même temps encore mieux, maintenant on me dit que j'ai des cernes, Comment ça se fait que tu sois si fatigué, t'as fait la teuf ou quoi ? J'ai envie de les buter les gens qui me demandent ça mais je dis Voilà c'est ça.

Mon père habitait avec sa nouvelle femme, je m'entendais bien avec elle même si elle avait un côté poissonnier dans sa façon de parler, Il est beau mon poisson venez voir mon beau poisson, une manière bourgeoise en fait, parisienne peut-être, du nez, une gouaille plutôt. Elle ressemblait à ma mère et ça me dérangeait, elles étaient blondes toutes les deux, minces, l'une était fatiguée l'autre moins, la nouvelle c'était un peu ma mère en mieux, enfin plus jeune, plus belle, plus classe. Je pense qu'ils se sont rencontrés à la fac de droit parce qu'ils en parlaient souvent, en tout cas ils étaient dans la même de fac, je ne sais pas s'ils se sont aimés là ou après. En tout cas lui ne peut pas payer l'entretien de la maison vu qu'il est pénaliste, il défend des petites frappes sans intérêt, n'a de riche que les foulards qu'il met dans les poches de ses costumes parce que dans le fond tout le monde le sait que les avocats de ce type ça ne gagne rien, surtout dans les petites villes. Il s'obstine à rouler en Jaguar, les clients doivent aimer avoir un avocat qui fait riche, on se dit qu'il doit gagner ses procès, ça attire le chaland, pour ça qu'il a un crédit sur quinze ans pour sa vieille Jaguar qui consomme, qui suce il dit, qu'est-ce qu'elle suce cette bagnole, mais il la garde, Voyez mon poisson il est beau mon poisson. La nuit je songeais aux jours de mon père, à la morgue de ceux qui n'ont pas honte.

Peu après l'audience les questions les pleurs et le sourire tendre de la juge, il fut convenu que j'aille en foyer. Je n'avais pas tort quand je disais que ma mère touchait le fond, qu'elle n'en pouvait plus, c'est ce que la justice s'est dit aussi, qu'il fallait qu'elle souffle, qu'elle pense un peu à elle. Ça c'est la version sympa, je crois surtout que la justice s'est dit qu'elle n'était pas une bonne mère, qu'elle m'avait laissé tomber. Et puis la vieille avait eu beau crier qu'elle ne pouvait pas deviner, elle n'avait pas convaincu.

À bien y réfléchir, je n'ai pas souvenir d'avoir été si triste à l'idée d'y aller, dans ce foyer. Après tout il n'était pas loin, j'allais rentrer le week-end et grandir, j'avais bientôt quinze ans il était temps, et puis j'avais depuis l'enfance développé la phobie de l'ennui. Changer d'environnement était idéal pour le contrer, je me disais que de toute façon ç'allait être dur, l'adaptation le manque la nouveauté et qu'avec tout ça je ne pourrais pas me faire chier.

Ma mère vivait déjà comme une vieille, il y avait des rites, des phrases qui revenaient tous les jours, du poisson le midi et des pommes de terre à l'eau, des grains de café en chocolat avec le café, des macarons parfois les jours de fête. Il fallait se ménager, moins on en faisait moins on avait de problèmes, moins on sortait de chez soi moins on risquait de se faire renverser.

Ma mère avait dès lors décidé de me considérer comme un adulte ou un étudiant parti étudier. Nos retrouvailles du vendredi étaient sans effusion, à peine une embrassade, il était entendu que les sentiments profonds n'avaient pas besoin d'être exprimés pour être sus. Chez mes grands-parents c'était pareil on ne s'embrassait pas, on ne se touchait pas, quand on arrivait on se disait tout de suite Ça va ? quand ils s'affairaient à quelque chose ils ne s'arrêtaient pas pour nous, on passait la porte et Ah ! comment ça va ? et puis ma grand-mère nous montrait ce qu'elle cuisinait et mon grand-père fantôme ce qu'il fabriquait. Jamais de bonjour ou de salut, ça venait du breton qui ne connaissait pas de mot pour ça, on ne se disait pas bonjour puisqu'on se voyait tous les jours, on reprenait la discussion de la veille qu'on n'avait pas finie. Comme merci, merci ne se disait pas non plus, on nous rendait des services auxquels on répondrait ensuite, tout était partie remise, des échanges de bons procédés qui ne se discutaient pas. Les effusions n'étaient pas vulgaires mais inutiles, en tout cas suspectes.

Au foyer ma chambre sentait le plastique, une odeur de tapis de gym, la même qu'il y avait dans la salle de sport de l'école primaire. Pas une mauvaise odeur, un début de transpiration peut-être, une exhalaison qu'on garde à vie dans le nez comme le parfum de la colle Cléopâtre distribuée à la rentrée. Le mercredi après-midi après l'école on avait le droit de sortir. Je crois qu'ils ne comptaient pas trop sur nous pour faire nos devoirs assidûment, ça m'arrivait de vouloir bien les faire mais c'était pas le lot de tout le monde et valait mieux s'aérer un peu. On ne pouvait rester en permanence entre ces murs alors on nous emmenait « en ville », on dépensait ce qu'on voulait de l'argent de poche qu'on recevait, personne n'avait grand-chose alors y avait pas de jaloux. Moi j'achetais déjà pas mal de fringues, mon père m'envoyait des billets que je récupérais le week-end chez ma mère, c'est à ce moment-là que j'ai commencé à me saper différemment, avec des trucs plus voyants. Y avait pas de H&M à l'époque ni de Zara, t'avais rien de vraiment pas cher fallait acheter avec mesure. Quelques boutiques intéressantes commençaient à s'installer, je me souviens de Cache Cache, là-bas j'ai trouvé deux trois débardeurs au début. Les mecs du foyer m'ont pas loupé : insultes crachats coups pédé-tarlouze-enculé. Un soir ils ont voulu entrer dans ma chambre pour tout me piquer. Rien de méchant, il a suffi que je crie pour que le surveillant entende et qu'ils se barrent. Je faisais ma vie sans m'en soucier, aujourd'hui je ne sais pas si j'aurais le même courage, c'était le cran de l'âge. Je l'assumais de la même façon devant mes éducateurs, ceux de la PJJ aussi. Acheter un débardeur chez Cache Cache c'était pas de la rébellion, je voulais juste montrer qui je rêvais d'être.

Je pensais que ça passerait mais j'étais trop ambitieux. Ce que je portais était scruté, on se demandait jusqu'où j'irais. Des psychologues et des psychiatres avaient été appelés, on me questionnait sur ce que je voulais, comment j'allais, Pourquoi un tel comportement *oppositionnel* ? Est-ce que tu veux faire du mal à ta mère ? Il y eut des bilans, des rapports envoyés à la juge des enfants. On voulait voir un malaise, on traquait le gibier dans une forêt d'automne.

On pensa que j'avais été élevé dans la haine de mon père. L'aide sociale à l'enfance demanda le retrait de l'autorité parentale de ma mère, estimant qu'il était préférable que j'arrête de me rendre chez elle le week-end. La présidente du TGI de Brest accéda à la demande. Les attendus du jugement voulaient permettre « un travail de révision de [mon] monde intérieur », m'entourer d'« un référentiel différent du seul modèle féminin ». Il ne fallait plus que je voie ma mère pour devenir un homme.

Quand j'étais enfant j'exagérais, je m'esclaffais, je lui disais Regarde ! tu vois la fleur ? regarde le chat, tu l'aimes ? est-ce que tu m'aimes ? moi je t'aime, on joue à un jeu ? et si on imaginait que j'étais âgé comme toi, alors voilà, je me suis marié mais mon mari est mort la semaine dernière du coup je suis obligé de revenir vivre chez toi, ça te dérange pas ? comme ça je vais passer tout le reste de ma vie avec toi, elle était surprise au début, Quoi ? ton mari ? pas ta femme plutôt ? Écoute mon mari est mort et j'ai besoin de revenir ici je peux, dis, je peux ? Tu ne veux pas ? Elle répondait calmement que je pourrais toujours, mais que tout cela n'était pas un jeu.

Ç'a toujours été comme ça voyez, simple, sans problème, donc avant que je dise que j'étais pédé mes parents le savaient déjà. Est-ce que mon père me touchait dans la douche en pensant que j'aimerais ça ? inconsciemment peut-être va savoir, toujours est-il que ma mère je lui ai annoncé par texto alors que je partais voir François, mon premier mec. J'avais quatorze ans, c'était peu avant le merdier. J'avais pris mon vélo jusqu'à Pont-l'Abbé et en chemin je m'étais arrêté faire une pause, il y avait une longue côte sur la route des châteaux qui m'avait fait un peu douter, je me demandais si ça valait vraiment le coup, j'étais fatigué. À ce moment-là j'ai même failli rebrousser chemin, d'un coup je me suis vu vieillir trop vite, jouer au dur, j'avais envie de revoir ma mère, de l'embrasser, je sentais des larmes monter en pensant que j'étais parti dans son dos, qu'elle croyait sans doute que j'étais en train de faire innocemment un tour de vélo avec Kilian le voisin mais non mon vélo allait m'emmener jusqu'à Pont-l'Abbé à une heure et demie de là voir François. Je me suis ressaisi et j'ai pris mon portable, je me disais Quand même ça se fait d'annoncer ce genre de choses à sa mère alors je lui ai écrit Voilà je ne suis pas avec Kilian je suis parti voir François, François c'est pas qu'un copain c'est le mien je l'aime et d'autres trucs du genre comme si l'amour justifiait l'insolence. Ma mère m'avait répondu trois heures après - en trois heures t'as le temps d'angoisser, enfin stresser disons même si je l'avais fait par texto genre c'était une info comme une autre, comme le fait de dîner ou non à la maison ou d'être en retard à cause du bus -, elle m'a répondu D'accord très bien je suis contente que tu me le dises passe une bonne journée. Classe, je trouvais. Une fois arrivé j'ai embrassé François trop fort trop longtemps, il m'a murmuré un truc comme doucement on a le temps, et puis on s'est galochés sans s'arrêter plusieurs jours. Je me souviens de la vieille odeur d'égout qui traversait la maison de ses parents partis en vacances, de sa moustache naissante. Il me branlait en musique ou dans l'escalier, il était beau et dégoûtant. Je le regardais à peine, il était celui qui m'aimait le premier.

Pour mon père ça n'a pas été si simple. Pendant les jours passés chez François, il m'a appelé. J'étais en train de couiner je voulais pas décrocher, François insistait Mais si décroche ce sera marrant je continue à te prendre et tu réponds. Le daron m'avait laissé un message, J'en reviens pas t'es irresponsable, tu peux pas avoir un découvert pareil tous les mois Guillaume là t'es à moins trente euros tu fais n'importe quoi. Le message était long et agressif, ma mère avait sans doute appelé chez lui pour lui annoncer le truc, Tu sais pas quoi devine quoi notre fils est pédé, elle m'a raconté après que ç'avait coincé quelques jours, il se demandait ce qu'il avait fait, il se reprochait d'avoir divorcé, pensait Je n'ai pas été assez présent j'ai déconné je ne l'ai pas assez aimé, pour ça qu'il est pédé, tout le tralala rabâché. Je me disais Bien fait, t'avais qu'à pas te barrer.

C'était quelques mois après ma première fois avec Jordan et Mathis, des amis d'amis rencontrés à un anniversaire. Je sentais bien que je leur plaisais alors j'avais flirté, j'avais passé la soirée avec eux. Ils bossaient dans un fast-food, ils avaient arrêté leur première année d'études de lettres parce qu'ils ne voulaient pas devenir profs, ils blaguaient en disant que si les pédés allaient en enfer ça ne pouvait pas être pire que le collège. J'étais d'accord avec eux, les profs étaient gardiens des rives du Styx. On avait passé la soirée sur la plage à boire des bières et à parler de leur chien, ils aimaient beaucoup leur chien, un berger allemand qui passait la nuit dans la chambre à nous regarder. Je m'étais trouvé dans leur lit sans trop savoir comment, je me souviens de la merde de Steve sur mon prépuce et m'être dit que ç'allait être ça, être gay, avoir de la merde sur le gland. Dans leur chambre, pendant qu'ils faisaient un truc à côté, j'avais pris leur ordinateur et vu qu'ils m'avaient cherché sur Google, je devais être une sorte de pari, ils m'avaient fait boire dans leur maison pourrie qu'ils louaient, j'aurais dû appeler ma mère pour qu'elle vienne me chercher mais il était tard et je ne voulais pas qu'elle me pose des questions alors ils m'ont dit Reste dormir, on va te mettre un matelas en haut. Et puis Ah ben mince en fait il est crevé le matelas on peut pas, il va falloir que tu dormes avec nous. On a commencé par s'embrasser se caresser comme s'ils ne se connaissaient pas non plus, comme si j'étais le premier pour eux comme eux l'étaient pour moi, on s'est sucés en triangle et puis j'ai pris Jordan qui embrassait Mathis mais sans jouir à la fin, j'ai pas pu. Le lendemain, j'avais envie de Mathis mais il m'a dit On peut pas Jordan dort, je pense pas qu'il dormait vu comment il bandait, nous entendre l'excitait c'était sûr, mais résultat on n'a rien fait. On a pris le petit déjeuner avec le clébard qui regardait toujours, on est allés à la piscine, on bandait encore dans le chlore. Jordan disait qu'on pouvait être amoureux de deux personnes en même temps, Mathis objectait.

Après deux jours comme ça je suis rentré chez moi, ma mère ne m'a rien demandé, elle ne me regardait pas. J'avais envie de dégueuler dans le silence. J'avais envie de leur écrire, leur dire qu'ils me manquaient, que je voulais les revoir. Je ne sais plus lequel des deux m'a répondu Ça va mec calme-toi on s'est vus y a très peu de temps, un texto comme un coup de couteau. On s'est revus quelques jours ensuite, ils m'ont demandé si c'était ma première fois ce soir-là, j'ai dit la vérité, Oui, Ah on pensait pas. Ils se sont séparés six mois plus tard.

Quand j'étais petit je jouais au tennis dans un club de nouveaux riches où m'avait inscrit ma belle-mère. Dans le groupe y avait un certain Jérôme, il se la racontait en permanence, il pensait jouer mieux que les autres. Au foyer je m'étais assis un midi près de sa sœur, elle aussi une grosse cassos, elle s'était retrouvée là sans doute parce qu'elle était encore plus cassos que ses parents et que son frère, je me souviens de la mère de Jérôme qui l'encourageait au bord du court et de mon envie de la frapper, lui claquer la tête contre le sol pour lui briser les dents. Ce midi-là à la cantine la sœur avait dit tout fort à ses copains Tiens c'est la tafiole qui joue au tennis avec mon frère, une grosse tafiole, il sert comme une fille. Tout le monde riait.

J'ai compris après coup le basculement de ce jour-là, celui de la tafiole il sert comme une fille. Un basculement vers la marge, les emmerdes et les bonheurs qui vont avec. Peut-être de là que sont nés les TOC que j'ai eus à l'adolescence qui m'obligeaient à ranger ma chambre. J'avais vraiment l'air fou, c'était du rangement interminable de tout, fringues crayons livres et puis le sac de classe. J'y mettais puis enlevais mes cahiers et classeurs, la trousse la règle la calculatrice, puis je les enlevais avant de les remettre et ça pendant deux trois quatre heures. Après il fallait que je m'occupe de la porte de ma chambre. Je m'épuisais à trouver son juste entrebâillement pour pouvoir aller me coucher, ni trop ouverte ni trop fermée. Ça dépendait des soirs, plus j'étais fatigué plus ça mettait du temps. Parfois je désespérais alors j'allais me coucher quand même mais ne pouvais trouver le sommeil, alors je me relevais et ça recommençait. J'avais beau être dans un foyer avec des gens pour me surveiller m'encadrer, personne n'a jamais rien remarqué. Les maladies on les cache, plus elles sont là moins on les voit, on fait tout pour que les autres ne soupçonnent rien et ça fonctionne. J'entendais les pas approcher alors quand on venait dans ma chambre jeter un coup d'œil je faisais déjà autre chose. Le danger vient de soi.

Dans le couloir chez mon père et sa nouvelle meuf y avait des tableaux d'avocats. Vous voyez : un truc XIXe siècle style notaire de province, on n'est pas vraiment avocat ou notaire de province si on n'a pas ce genre de tableaux sur son bureau ou sa cheminée. Des messieurs à grosses têtes, véreux bien sûr, corrompus ou corrompant les juges, les avocats adorent, Tenez mon cher confrère Joyeux anniversaire cher maître Oh merci c'est formidable, il est de bon ton de se moquer de soi-même ou de faire comme si. J'y allais de moins en moins souvent chez mon père, le moins possible parce que ça me saoulait. Il y avait sa robe sur un mannequin, une robe d'avocat riche avec une fourrure d'hermine qu'il enfilait bourré quand il voulait faire rigoler et prenait sa grosse voix pour de faux effets de manches, Mais enfin monsieur le juge, voyons monsieur le juge, vous n'y pensez pas monsieur le juge, mon client n'a fait que tuer sa mère ! Il balançait ce genre de trucs et l'assemblée se marrait. La bourgeoisie de mon père me rendait fier, je me disais que je ne venais pas d'un milieu prolo, au contraire. Après notre affaire il a perdu des clients en tout cas c'est ce qu'on m'a dit, le murmure s'est engouffré dans la petite ville, on racontait que maître machin avait été accusé par son fils d'attouchements, ça faisait mauvais genre. Moi je croyais que des toucheurs professionnels se tourneraient vers lui en se disant Tiens, je vais embaucher cet avocat qui ne me jugera pas qui me comprendra, me comprendra vraiment. Je me trompais. Il s'est mis à boire encore plus, whisky tous les soirs et puis le matin, apéro à onze heures, rosé à midi. Dès lors des rats ont commencé à se faufiler dans sa cuisine. Il avait baissé des bras, les rongeurs venaient de plus en plus souvent, ne craignaient plus la loque qu'il était devenu. Mon père se cloîtra chez lui, enterra dans la nuit l'un de ses labradors abattu d'un coup de feu parce qu'il aboyait trop.

On était partis à Paris, c'étaient les grandes vacances après ma première année. On était un petit groupe, peut-être les plus sages ou les plus sortables, ceux qui pouvaient se tenir, je faisais encore partie de ceux-là. Parmi nous y avait Antoine. Il était enjoué de ce voyage à Paris, enfin à Créteil, c'est là qu'on résidait dans une espèce de foyer de vacances qui nous hébergeait, c'était loin mais ça allait encore, y avait le métro au bout de la ligne 8. Ça me plaisait de ne pas quitter Antoine de l'été, c'était mon meilleur ami. Ma relation avec François s'était terminée, elle ne pouvait pas durer, il m'aimait plus que je ne m'aimais moi. J'avais écrit dans mon journal intime (un bon truc de pédé ça aussi) que j'étais heureux de partir en vacances avec Antoine, même de penser à lui, que je me sentais vivant. Il était très beau, les cheveux bruns bouclés et négligés, il mettait des slims et des pulls à capuche, il faisait du sport beaucoup de sport. Je ne lui avais rien dit, je ne lui parlais pas de ça. On ne peut pas dire ce genre de choses à son pote hétéro du moins à cet âge-là, j'avais peur de sa réaction, il allait peut-être croire que j'étais amoureux de lui. Mais je laissais le journal ouvert le soir et le matin je le voyais à l'autre bout de la chambre lire les pages que j'avais écrites la veille avant d'aller prendre sa douche. Le voyage là-bas s'était pas mal passé, le vigile d'un musée l'avait branché, on en riait, on allait dans des cafés. Tout était sage, le soir on ne sortait pas, on n'avait pas le droit mais on se retrouvait dans la chambre de cet internat comme dans le nôtre en Bretagne, le même genre, les mêmes murs blancs en crépi et les lampes accrochées de chaque côté des lits pour qu'on ne puisse pas les voler. Les nuits avaient la même lumière, chez nous ou à Paris.

On s'était engueulé une fois quand même, je ne sais plus pourquoi, je me souviens qu'il tirait la gueule tout le temps ce jour-là, j'avais pleuré dans les bras de mon éduc sans comprendre ce qui se passait, je disais Mais comment je peux l'avoir énervé j'ai rien fait. Je me souviens de m'être branlé dans les douches communes le soir quand il n'y avait plus personne. J'y allais après tout le monde, je jouissais en pensant à Jordan et Mathis et François et Antoine, aussi, je l'imaginais m'engueuler se rapprocher de moi me prendre le cou pour me menacer et finalement m'embrasser, me jeter sur le lit parce qu'il était énervé, énervé de ressentir quelque chose pour moi au fond, le mec qui se rendait compte qu'il kiffait bien, quand même, son petit pote pédé, qu'il le défoncerait bien pour lui remettre les idées en place, lui faire comprendre qu'il peut le défoncer s'il a envie, qu'il peut le faire pour le calmer et le laisser en plan sur le lit seul et nu, parce qu'il n'a pas vraiment aimé.

Au retour, Antoine décida qu'il ne m'adresserait plus jamais la parole. Il n'a rien précisé de plus, ni à moi ni aux autres, ni alors ni depuis. Il est militaire aujourd'hui, il vit à bord d'un sous-marin quelque part au fond des océans, personne ne doit savoir où.

J'avais choisi comme nom de scène Raffaella, d'après Raffaella Carrà, une chanteuse italienne, vulgaire et ridicule. Elle avait dans son répertoire une chanson devenue célèbre en son pays, *Tanti auguri*, elle disait « *Tanti auguri a chi tanti amanti ha* », meilleurs vœux à tous ceux qui ont plein d'amants. Je chantais en play-back, une autre aussi, *Viva la pappa col pomodoro* de Rita Pavone parce que j'aimais l'Italie, je l'aime toujours, non je l'adore, l'Italie est une promesse.

« *La storia del passato Ormai ce l'ha insegnato Che un popolo affamato Fa la rivoluzion* »

« Un peuple affamé, ça fait la révolution. » Je dis mon nom de scène mais la scène c'était ma chambre, je faisais des vidéos sur Instagram où je n'avais pas beaucoup d'abonnés surtout au début trois fois rien mais quand même, des trucs sur Facebook aussi, je planifiais mes shows, des « soirées drags » dans lesquelles j'étais seul bien sûr mais je m'en foutais, avec le peu de maquillage que j'avais chopé je suivais des tutos, foulards et chapeaux, je voulais que ça ait de la gueule je m'appliquais. Parfois j'étais danseur de figuration, je m'imaginais accompagné, on était deux ou trois derrière les drags, les vraies stars de la soirée ce sont elles mais en même temps les mecs ne sont pas là pour ça, elles sont sympas les drags ça fait rire, on danse on chante mais au fond tout le monde s'en moque, ce qu'ils veulent c'est mater nos abdos, nos petits culs en jockstrap de gogos qui se trémoussent. Dans mes rêves j'étais de ceux qui dansaient avec un jockstrap ou un string et un nœud papillon ou une cravate, après quelques cul sec on n'avait plus froid, il y avait la chaleur des corps suants.

Je lui avais envoyé un message sur Insta, je le voyais liker mes vidéos depuis plusieurs mois - au moins au foyer on nous faisait pas chier avec nos portables. Photo de profil en noir et blanc regard en coin sourire BG, je lui avais écrit un truc pro, Merci de vos likes. Il avait répondu direct Merci à toi j'aime beaucoup tes vidéos. Personne n'était dupe, on savait ce qu'on voulait, c'était le *game*, la drague 2.0 épistolaire sans papier ni crayon ni pigeon mais toujours via les airs. Je le trouvais beau. On avait commencé doucement, on rigolait c'était facile et puis après tous les jours on se parlait du lever jusqu'au coucher. Il allait venir comme par hasard à Brest trois semaines plus tard pour le boulot. Il bossait pour la chambre de commerce je crois un truc comme ça, il avait affaire avec la mer. On se disait Dans ce cas peut-être qu'on se verra dans trois semaines, on ne sait pas... Quimper c'est pas loin, qui sait peut-être oui ce serait bien ça pourrait être bien... Ça nous faisait marrer parce qu'on en crevait d'envie alors que je ne connaissais même pas son âge, il devait être majeur mais pas de beaucoup, il bossait déjà et puis y avait qu'à la voir sa photo de profil, genre vingt-cinq vingt-six ans moi j'en avais toujours pas seize. Évidemment on ne s'est pas vus. Un jour, il ne m'a plus écrit.

Il faisait déjà nuit, on était allés avec mon père à Continent avant que ça devienne Carrefour. À Quimper c'était le grand magasin, on n'y allait pas souvent, mes parents préféraient les supermarchés plus petits sinon ils se perdaient, revenaient sans rien ou presque, pestaient contre ces *grandes* surfaces impersonnelles qui écrasaient, ma mère gueulait On n'y comprend rien ! où est le poulet ? je trouve pas le poulet allez viens on se barre tant pis on ne reviendra plus ici. Mon père était plus résistant. Je me souviens d'un jour au rayon jouets c'était pour me récompenser après mon opération du phimosis – il s'était rendu compte qu'on ne pouvait pas bien me décalotter alors on avait vu le médecin, Ah oui il est trop serré ce zizi, on va opérer ça, alors Guillaume, il fait mal ce zizi ? il tire ton zizi la nuit ? ça fait longtemps ? Il avait essayé de voir s'il pouvait l'arranger en forçant un grand coup, il m'avait dit Allez à trois on respire fort ça va faire mal mais ce sera bref, t'es un grand t'es courageux. Ça n'avait pas fonctionné, ma bite avait pissé le sang, le médecin s'était résigné à opérer. Donc au rayon jouets j'avais eu le droit de choisir ce que je voulais comme d'habitude mais cette fois c'était une occasion, pas comme ça pour rien, le jouet avait une saveur. Pour changer des poupées j'avais regardé du côté des Playmobil et bloqué sur l'un d'entre eux : le Playmobil Johnny, sa moto et son chien - une petite boîte, pas la plus chère pas la plus belle, ridicule parmi les grandes maisons et les camions de pompiers. Mon père avait tiqué, Pourquoi Johnny il a dû se dire, bizarre pas son genre et puis personne n'écoute Johnny à la maison c'est pour les beaufs pourquoi il veut ça, T'aimes Johnny Hallyday toi maintenant ? Je m'en fous de Johnny j'avais répondu, enfin je ne sais pas oui je crois. Il avait compris. C'est pour les talons de ses santiags que tu veux celui-là, pas vrai ?

J'avais senti un truc qui montait jusqu'à la gorge et la serrait. Ça faisait longtemps que je développais des crises d'angoisse mais celle-là était plus forte que les précédentes, elle m'empêchait de respirer alors au foyer on s'est dit qu'il valait mieux m'emmener. Quand je suis arrivé à l'accueil de l'hôpital on m'a demandé si j'avais des médicaments sur moi si j'avais pris quelque chose, j'ai dit Rien justement c'est pour ça que je viens, l'infirmier s'est tourné vers Éric et Mathilde qui m'accompagnaient, leur ont posé la même question du regard, mes éducs ont confirmé, Normalement il ne prend rien. On m'a fait patienter dans la salle d'attente, Éric était sympa il voulait me détendre il m'a dit Tu vas voir ça va être drôle on va se marrer et c'est vrai qu'on n'a pas été déçus. Les gens se lamentaient, il y avait un homme d'une trentaine d'années bien sapé venu avec sa mère et son frère, il paraissait mal mais sa mère et son frère avaient l'air bien, pas de la rue ni d'un coin craignos, le mec trentenaire était d'ailleurs plutôt mignon, une barbe et une casquette il aurait pu être DJ je me disais. Les gars sont venus le chercher, sa mère et son frère sont restés à attendre, ils étaient tristes. D'un coup on l'a entendu crier, je me suis levé pour voir dans le couloir je l'ai aperçu attaché sur un brancard avec les soignants autour qui lui disaient Calmez-vous monsieur tout va bien se passer monsieur. La mère pleurait, le frère la prenait dans ses bras, on emportait le brancard avec le mec attaché qui gueulait de moins en moins fort ou de plus en plus loin. Il y avait ce vieux monté debout sur une table basse, il m'avait fixé et dit Regarde je vais m'envoler. Il s'était ravisé, redescendu lentement sans faire de bruit.

Depuis le début je savais bien que me fringuer en meuf faire la belle jouer avec des poupées ça signifiait quelque chose qui n'allait pas être simple pour les autres donc pour moi. La peur je l'avais appréhendée, une peur qui fait si mal à la tête qu'on a envie de la faire sauter. L'interne hésitait. Elle pesait le pour et le contre de certains trucs face à moi comme si elle pensait tout fort, peut-être qu'elle essayait de me faire comprendre l'importance de ce qui se tramait ou seulement de me faire parler. Vous savez il y a des gens dans les couloirs nuit et jour ici elle disait, cela peut être un séjour fatigant il y a des pleurs et des cris. Elle avait un dossier sous les yeux comme la juge, elle lisait Ah oui attaques d'anxiété fréquentes vous êtes jeune pourtant suivi pour ça plusieurs traitements à ce jour d'accord vous êtes toujours sous Seroplex et Lysanxia ? J'en prenais depuis quelque temps, pas assez consciencieusement peut-être mais avec tout ce qui s'était passé je n'étais pas contre ça m'allait, j'avais d'emblée senti l'action de l'anxiolytique. Je lis que vous avez développé un comportement *oppositionnel* au sein du foyer, vous voulez bien m'en parler ? Je dis On va encore revenir là-dessus ? C'est comme vous voulez mais je voudrais bien que vous m'expliquiez ç'a l'air d'avoir causé quelques problèmes elle disait d'une voix douce, presque en baissant la voix, elle voulait apaiser le dialogue je crois. Quelques problèmes en effet puisque la justice ne veut plus que je voie ma mère. Que pensez-vous que les gens se disent elle continuait. Et alors là j'ai fait Non non, deux fois non, on ne va pas recommencer. Une volonté d'entamer une transition ? une insubordination ? la recherche d'une identité hybride, intersexe, indéfinie ? Comment avez-vous vécu le départ de votre père elle m'a demandé ensuite, j'ai pensé Ça va calme toi il vit à vingt bornes un divorce plein de gens connaissent ok je le vois moins qu'avant m'enfin ça va. J'ai dit Ben ça va, j'en avais marre je crevais de chaud dans ce bureau mais je ne crevais vraiment pas assez c'était comme si on plaquait sur ma tête un oreiller alors j'ai hurlé Appuyez plus fort ! tuez-moi qu'on en finisse ! Je voulais me barrer me suicider s'ils continuaient sortir de cet hôpital à toute allure et me jeter sous les roues de la première voiture ou courir jusqu'au bout du couloir et sauter par la fenêtre.

Et puis quand la psy m'a demandé comment je m'appelais, je crois que j'ai répondu Raffaella. Après tout je l'aimais ce blase et sur le moment c'est ce qui m'est venu. C'était cohérent, on était dans un théâtre où les acteurs sortent leurs costumes, blouses blanches ou pyjamas, un cirque aux numéros démodés, alors j'ai sorti mon nom d'artiste. Je voyais l'interne en PLS, j'étais pas peu fier de mon effet. Raffaella ? Eh oui c'est ça mon nom, c'est mon nom et pas autrement, elle avait refermé le cahier ça semblait l'intéresser, on ne peut pas dire qu'elle s'en foutait elle prenait un air concerné, elle n'avait pas vu venir le coup elle avait dit D'accord Guillaume, on appelle ça une dysphorie de genre, depuis combien de temps vous désignez-vous en tant que femme ? C'est pas le sujet je lui dis, mais je suis Raffaella quand je dis Raffaella donc ne m'appelez pas Guillaume quand je dis Raffaella. Au final, faut croire que notre conversation lui plaisait bien à l'interne ou qu'elle n'en avait pas eu assez, elle en redemandait, alors elle me dit D'accord Raffaella d'accord je crois que vous avez besoin d'aide et que le mieux serait que vous restiez là un petit peu avec nous, ça vous fera du bien je crois j'entends beaucoup d'angoisse, on va s'occuper de vous d'accord ?

Des années auparavant, il faisait très beau à la terrasse d'un restaurant de Perros-Guirec. La mère d'une amie avait acheté une décapotable et m'avait invité à passer des vacances d'été avec elles deux, une 206 CC c'était vraiment la classe, Un peu frime c'est vrai elle disait mais j'assume on n'a qu'une vie. On était fiers comme sur une papamobile, elle était marrante elle était jeune faisait des blagues et j'enviais ma copine d'avoir une daronne qui faisait des blagues, on avait roulé sur des petits chemins de la côte de granit rose les cheveux au vent, elle disait qu'elle aimait la vitesse et qu'une décapotable donnait l'illusion de rouler encore plus vite. C'était une amie de ma mère à moi, elles s'étaient connues enfants aussi, les choses se répétaient aux mêmes endroits, la première n'avait pas quitté le village qui l'avait vue grandir la seconde non plus, elles avaient eu leur enfant la même année, j'étais né dans la même clinique que Marie-Jeanne (mon amie au prénom de beuh) à quelques jours d'intervalle. Sa mère me parlait des conneries qu'elle avait faites avec la mienne quand elles étaient petites et je sentais bien qu'elle édulcorait son récit, elle ne rentrait pas dans les détails, ne savait pas ce qu'on m'avait dit à ce sujet, Peut-être qu'elle ne voudrait pas que je te dise tout ça ta mère elle me lança en rigolant, je parle toujours trop ahah c'est mon défaut ! Enfin bon rien de grave hein on était juste un peu casse-cou on escaladait les murs pour embrasser des garçons la nuit tombée. Un verre de vin à la main elle racontait que ma mère dormait parfois chez ses parents le week-end parce que c'était plus cool que chez ses vieux à elle, mes grands-parents plutôt sévères, Est-ce qu'ils sont gentils avec toi tes grands-parents aujourd'hui ? Enfin je dis sévères attention hein on s'entend moi je n'ai rien contre eux elle ajoutait. Dis, comment il était mon grand-père j'ai répondu, pourquoi maman ne parle jamais de lui ? elle ne veut jamais me parler de lui... C'est un fantôme ? À cette question la mère de mon amie s'est tue, Oh tu sais c'est du passé je ne sais plus trop moi je ne le connaissais pas bien. Elle était gênée, soupira doucement en enlevant le sable collé à mon épaule, Mais tu sais, elle baissait la voix, ton grand-père c'était pas quelqu'un de très bien. Un serveur arriva, nous tendit une carte, On aura bien une petite place pour un dessert ?

On m'a conduit dans une chambre, je croyais que c'était pour la nuit et j'étais content, une nuit ou deux peut-être, ça me changeait d'air. Je me souviens d'une vieille qui nous regardait marcher dans le couloir l'interne et moi, elle était assise, ne tournait que la tête en nous suivant du regard. La chambre était presque vide : un lit médicalisé, une télévision accrochée au coin d'un mur et du plafond, une table blanche et un fauteuil plastifié qui venaient d'être lavés. Une infirmière est venue se présenter, Salut mon ange moi c'est Isabelle, j'ai eu envie de pleurer d'emblée qu'elle m'appelle mon ange. Par la fenêtre on voyait le jardin de l'hôpital, l'hôpital Gourmelen du nom d'un chirurgien du XVe siècle devenu prof au Collège de France, gloire de Quimper avec Laënnec et l'invention du stéthoscope. L'hôpital était un vieux bâtiment aux allures d'abbaye bordé d'allées de palmiers qui faisait penser, pas loin de là, au domaine de Lanniron, l'ancien palais d'été des évêques de Cornouaille. Un endroit paisible et élégant fait de vieilles pierres, de roses blanches et de statues. J'avais une vue sur tout cela et je me trouvais bien placé, j'allais être dorloté comme je ne l'avais pas été depuis belle lurette, on allait s'occuper de moi, il y aurait plein d'infirmières douces comme Isabelle qui m'appelleraient mon ange.

Enfant je rencontrais la terreur tous les jours. Au collège elle commençait la veille au soir et continuait le matin dans la voiture. Je savais d'avance qu'à tel virage j'avais encore tant de minutes de répit avant d'y être, qu'à tel autre j'allais commencer à sentir mes gencives picoter et ainsi jusqu'à la fin, l'arrivée devant la grille. Une fois dans la cour, le combat commençait. La menace planait de pouvoir mourir à chaque coin de table, poussé par l'un des mecs de ma classe ou d'une autre qui se mélangeaient en une masse crasse. L'école était un animal sauvage capable de tuer ou d'épargner, rampant sans faire de bruit. J'enviais le chat qui dormait au pied de l'orme.

Je dois avoir trois ou quatre ans, je suis seul dans la classe avec l'ATSEM, celle qui aide la maîtresse, tout le monde est dehors je ne sais plus pourquoi je ne suis pas avec eux. Est-ce que c'est vrai que les poupées c'est que pour les filles ? Pourquoi tu me demandes ça elle m'a répondu surprise, Parce que quelqu'un me l'a dit tout à l'heure hein c'est pas vrai c'est pas vrai que c'est que pour les filles ? Elle avait l'air embêtée l'ATSEM, peut-être qu'elle n'avait pas vraiment réfléchi à la question ou peut-être qu'elle était convaincue que si, que les poupées n'étaient que pour les filles et qu'elle ne savait pas comment s'y prendre face à cet enfant bizarre, ce garçon travesti comment lui dire qu'il se trompe parce qu'il ne faut pas froisser un petit à cet âge-là, il peut y avoir des conséquences, tout se joue là dans les trois premières années et il y en a eu, des brisures, un nuage radioactif né de l'explosion de son silence parce qu'elle n'avait rien répondu, trahie par son visage courbé et rosi.

La première fois que j'avais sorti les talons au foyer, le pion était resté scotché.

« C'est quoi, ça ? »

Il avait dit C'est quoi ça plusieurs fois, il le répétait comme s'il attendait une réponse alors que c'était comme on dit rhétorique, il se parlait à lui-même, tellement choqué qu'il essayait de comprendre, se concentrer pour trouver une réponse qui ne lui paraissait pas insensée. Je m'étais mis en tête que j'étais sûr de moi pour ne pas flancher. Une fille elle en met des talons mais elle peut aussi mettre des baskets, je ne voyais pas pourquoi je ne pouvais pas faire l'inverse, je vois d'ailleurs toujours pas mais eux voyaient bien. Y a quelques années personne encore n'avait vu Billy Porter parader comme une reine sur les marches des tapis rouges, personne ne connaissait Chelsea Manning ou Elliot Page, on se souvenait vite fait de Marsha P. Johnson et de Sylvia Rivera. La fille d'Hemingway avait carrément attendu d'être vieille pour changer d'identité. Même après elle n'a pas été vraiment tranquille, toujours un peu des deux côtés, jusqu'à la fin Gloria on l'appelait Gregory parfois.

Je rêvais de robes à paillettes et de rouge à lèvres, je caressais les vêtements pliés dans le placard de ma mère comme on prend soin d'un trésor. Je ne me cachais pas pour essayer ses talons, elle n'en avait de toute façon qu'une seule paire, ses chaussures de dame elle disait, en cuir rouge, ni pour essayer ses colliers qui reposaient emmêlés sur une soucoupe dorée dans sa chambre. J'aimais quand elle en portait, des colliers, et mettait son parfum, *Opium*, c'était rare, pour aller chez ses parents de temps en temps. Toujours mes habits c'était un truc, un truc important, même avant de vouloir des fringues de meuf j'en voulais des belles. Un jour on avait croisé une fille de l'école, elle était venue nous voir elle avait dit gentiment à ma mère Je l'ai reconnu de loin Guillaume c'est le mec de la classe toujours bien sapé. Après j'avais entendu ma mère raconter l'anecdote, ça la travaillait ça semblait louche qu'un mec s'y attarde autant. Les fringues quand j'en achetais c'était un moment heureux, une façon de fuir. Je perdais mon temps pour en gagner, je voulais que tout passe plus vite je faisais l'autruche refusais de me concentrer, se concentrer travailler ça voulait dire accepter être d'accord avec le monde comme il tournait. Un jour, j'ai lu dans un bouquin une phrase que j'ai retenue : « Les fous sont des résistants méprisés. »

Quand j'étais gosse il fallait dire pardon. Quand on allait chez le coiffeur avec ma mère j'adorais, je parlais à toutes les vieilles qui étaient là je racontais ma vie et je leur demandais la leur, je me souviens d'une coiffeuse un jour qui dit Ohlala comme tu parles bien tu parles beaucoup ohlala t'es mignon t'es gentil tu veux un bigoudi ? Ma mère était gênée, là aussi elle voyait bien que y avait un truc, Pourquoi un petit garçon s'intéresse tant à toutes ces dames et leurs shampoings ? pourquoi se sent-il si bien entouré de ces grands-mères à fourrures qui viennent tous les jours, certaines seulement pour se faire coiffer, pas couper seulement brosser peigner laquer. Ma mère me disait toujours Mais chut tu vois bien que tu embêtes la dame, chut reste assis fais moins de bruit, et parfois une vieille me rassurait d'un clin d'œil, elle chuchotait Oh mais non laissez il est mignon. Plus tard ado quand j'y retournais je parlais moins voire carrément plus, une coiffeuse me l'avait dit ça J'aimais bien quand t'étais petit t'allais tu venais dans tous les sens un vrai petit monstre qui courait partout c'était gai, et j'avais honte, honte de m'être exposé, d'avoir fait le spectacle et embarrassé ma mère. La politesse voulait de se taire, Ne fais pas de bruit pas de vague pas le malin. Ma mère n'avait pas compris que la politesse écrase, dire merci mais n'en penser pas moins et s'étrangler.

À travers la vitre j'observais durant des heures le jardin de l'hôpital. Il était situé à l'orée d'un petit bois où l'on ne pouvait se rendre qu'une heure par jour, accompagné des aides-soignants. C'était moins pire que dans plein d'HP on se disait, on avait le droit de fumer avec eux, ils nous payaient des clopes de leur poche quand on les oubliait dans nos chambres si on n'abusait pas. Y a rien d'autre à faire dans un HP que de fumer. Le fumoir, dans le meilleur des cas un petit carré de terre extérieure, était le seul endroit de liberté. On pouvait le temps d'une clope ne penser qu'à elle, la tige en train de griller, nos lèvres sur le filtre, la fumée qui entre dans les poumons avant d'en ressortir. Ne pas parler, apprécier ces gestes qui sont les seuls à exister exactement à l'identique hors de l'enceinte. Le soir, le soleil se couchait sur le gazon et les plantes bien taillés, si bien taillés qu'on n'avait pas le droit d'y poser le pied, on n'allait quand même pas donner de la confiture aux cochons, ç'aurait été moche de voir un demeuré saccager de si beaux bosquets. Un jour, j'ai vu un chevreuil s'avancer entre les arbres. Ses bois naissaient seulement, c'était peut-être encore un chevrillard ou il les avait perdus l'hiver d'avant. Il fixait le bâtiment en craignant que quelqu'un en sorte. J'aurais voulu croiser son regard. Quand il comprit que personne ne viendrait il se mit à manger les feuilles des arbustes à sa hauteur. Tu viens avec moi Guillaume on va dîner avec les autres ? L'animal avait disparu le temps que je me retourne.

Je ne m'ennuyais jamais. On croit qu'on s'emmerde quand on n'a rien à branler mais au contraire, je regardais les heures s'écouler avec le plaisir de savoir que rien n'allait se passer. C'est quand il est impossible de faire que l'inaction est agréable. Souvent dans ces moments on se promet de se rattraper, lire des classiques qu'on n'a pas eu le temps de lire, mais non, l'erreur ! c'est dans ce piège-là que commence le vide. Personne ne le dit parce que ce n'est pas chic mais on se fait chier avec les classiques, des tournures de phrases trop longues qui n'ont plus de sens, des intrigues qui ne font plus peur, une frontière de la morale franchie depuis longtemps. On n'en a plus rien à secouer de savoir ce qui va se passer pour cette pauvre Bovary. On s'en fout qu'elle se fasse chier, moi aussi je me fais chier pas pour autant que je l'écris. Donc je regardais plutôt la télé ou par la fenêtre ou mon téléphone, surtout mon téléphone, ils me font marrer tous ces gens qui disent Oui je vais me mettre à la *Recherche*, oui j'ai du temps là cet été je vais m'y atteler et puis personne ne s'y met, tu passes ta journée à regarder des vidéos de chats sur Facebook comme tout le monde parce que t'es con. Le temps passait comme ça, le petit déjeuner aux aurores les petites activités en petits groupes les petites visites de médecins et d'infirmiers dans la chambre, je dis petit parce que ce sont eux qui le disent, mettre petit devant un mot c'est plus digeste, les petites promenades le petit goûter et puis re la chambre le téléphone. Je me sentais vieux mais heureux. J'aurais pu mourir comme ça, loin des emmerdes.

Un matin, le chevreuil est revenu. La nuit n'avait pas de fin à l'hôpital, le crépuscule dilatait l'angoisse, on dormait en journée quand on pouvait mais ce matin-là je m'étais levé avec le soleil, ça m'arrivait rarement aussi j'étais content de voir dans le jardin les premiers rayons réchauffer l'herbe blanchie. Personne n'avait encore mis le pied dehors, seules deux voitures étaient garées sur le parking où le silence régnait, l'animal faisait preuve de la même audace que le premier jour. Il broutait de nouveau, je le voyais mieux cette fois, je distinguais la moire de son pelage, la tache blanche de son arrière-train. J'aurais voulu le caresser, l'embrasser, lui dire qu'il était beau, qu'il était l'image qu'à cet instant j'aurais voulu garder. Il leva soudain les yeux vers ma fenêtre derrière laquelle il m'aperçut, me fixa un moment avant de se mettre à m'insulter.

Le chevreuil avait pris la voix de mon père et me lançait que j'étais un petit con de pédé, que j'aurais mieux fait de la boucler vu là où j'étais arrivé. Il me balançait des horreurs dont je vous passe les détails, me hurlait de me réveiller, qu'il n'avait pas fait de moi ce que j'étais devenu, un fou une folle à lier une folle tout court je ne sais plus je ne le reconnaissais plus. Il était maintenant sur ses deux pattes arrière et se dirigeait vers moi, je me disais qu'il ne pouvait rien m'arriver, ma chambre était en hauteur, à peine j'ai eu le temps de me retourner qu'il frappait à la porte, l'ouvrait dans la foulée sans que je l'autorise à entrer, mon père immense sur ses deux pattes arrière. Il m'annonça qu'il revenait pour me botter le cul, mon petit cul de petit pédé, mon cul et aussi celui de ma mère. Je vais vous botter le cul à tous les deux, le tien et celui de ta mère il disait et vous n'aurez pas le choix c'est comme ça pas autrement, et puis Isabelle est entrée et mon père est parti.

À force de me faire gaver de médicaments ça n'allait pas fort. Je devenais agressif, me débattais, le seul moyen que j'avais trouvé pour me rebeller était une grève de la faim - une idée à la con : c'était la contestation la plus commune, ils avaient l'habitude. Comme je ne mangeais plus ils ont cru que je voulais me suicider, donc j'en ai encore plus bavé. Au début c'est difficile de ne plus manger, on a le ventre qui se serre, la première fois on se dit Mais attends pourquoi je fais ça, les acidités qui remontent les crampes et puis au bout d'un temps la douleur devient un défi presque un plaisir, celui de se demander jusqu'où on peut aller. Pour les psychiatres ça veut dire Alerte rouge, quand on se dit qu'un homme va se buter on presse tous les boutons alors que, soit dit en passant, est-ce que tout le monde doit être sauvé ? bien sûr que non. Un jour on m'a dit On va aller au bloc on va vous préparer, j'ai rien compris, on m'a filé une blouse et j'ai vu un anesthésiste dans la foulée, questions habituelles, allergies problèmes de santé opérations passées, Pourquoi vous demandez ? on m'opère ? Encore plus bizarre : le psychiatre était passé me voir en blouse verte, la même que celle de l'anesthésiste, si le psychiatre m'opère on est bien chez les fous j'ai pensé alors j'ai gueulé Laissez-moi expliquez-moi, en vrai c'est pas grand-chose de demander de quoi on va se faire opérer, Pour votre sécurité monsieur, ça s'appelle une ECT une électroconvulsivothérapie vous en avez besoin c'est pour votre bien. ECT ou sismothérapie : les électrochocs, délivrés par le Mecta Spectrum 5000 ou le Thymatron System IV, les deux appareils les plus utilisés. On vous place des électrodes sur les tempes et bam, énergie de l'ordre de soixante-dix joules, fréquence de soixante-dix hertz, intensité de huit cents milliampères. La décharge crée une crise d'épilepsie d'environ vingt-cinq secondes chez le patient. Par réflexe de survie, le cerveau sécrète alors des neurotransmetteurs comme la sérotonine, défaillants dans les troubles de l'humeur. L'anesthésie générale dure moins de dix minutes, le patient est placé sous contention et ses dents sont protégées - avant on s'en branlait et les gens se blessaient. J'ai mis plusieurs jours à me rappeler la raison de ma présence dans cet endroit. Y en a c'est à vie qu'ils ne se rappellent plus de certains trucs. Les psys m'avaient assuré Oui c'est normal un effet secondaire inévitable, oui oui petite perte de mémoire temporaire mais les bénéfices sont nettement supérieurs vous verrez vous vous sentez mieux déjà non ben oui vous êtes mieux vous serez moins déprimé dans quelques jours vous mangerez normalement finie la grève on pourra commencer les groupes de parole avec la psychologue elle est gentille la psychologue Katell elle s'appelle les patients l'adorent ça fait beaucoup de bien. J'avais envie de l'envoyer chier cet infirmier qui me prenait pour un demeuré, l'envoyer chier d'une force mais je n'avais plus de repartie. Ou de le baiser pour lui fermer sa gueule, il était gaulé, on voyait bien ses biceps, j'avais envie mais je bandais plus non plus. Y avait plus d'hommes parmi les soignants que de femmes dans cet HP, fallait pouvoir retenir les coups, calmer ou attacher.

All your two-bit psychiatrists are giving you electro shock
They say, they let you live at home, with mom and dad
Instead of mental hospital
But every time you tried to read a book
You couldn't get to page 17
'Cause you forgot, where you were
So you couldn't even read
Don't you know, they're gonna kill your sons
Don't you know, they're gonna kill, kill your sons
They're gonna kill, kill your sons
Until they run away

Ils vont tuer vos fils,
jusqu'à ce qu'ils s'enfuient.

Partie II

« À toi vont les mots les plus beaux
Nous parlerons ce soir de nous et des oiseaux
Nous n'écouterons pas la longue et sourde histoire
Des hommes chassés de chez eux
Par la mort aux mâchoires d'or
Des hommes moins fiers que des bêtes
Qui suivent le malheur partout
Que n'arrivent-ils donc tout nus
Dans un asile de clarté comme le nôtre. »

Éluard, *Derniers poèmes d'amour*

On s'était assis l'un à côté de l'autre. Réfectoire réfectoire c'est l'heure du réfectoire ! tous les jours aux environ de midi on entendait un mec crier ces mêmes mots exactement, c'était le coq de la mi-journée, clairon qui annonçait l'un des moments de partage permis aux malades qui ne l'étaient pas trop - ceux qui arrivaient à sortir de leur lit et n'étaient pas de dangereux criminels. Il m'a demandé Tu veux mon dessert ? en fait j'en veux pas, le baba au rhum je le mange toujours à cause du rhum, mais là je sais pas j'en ai pas envie. Il l'avait posé sur mon plateau sans attendre de réponse. Je me suis dit Fait chier il est gonflé lui c'est qui et puis je l'ai regardé. Il avait déjà le nez dans son poisson, moi le poisson je le touchais jamais il sentait la bite, y avait du riz avec toujours trop salé qui donnait envie de gerber. Le garçon avait des cheveux bruns bouclés qui me faisaient penser à ceux d'Antoine, dit comme ça ça fait mec parfait mais c'était ce genre-là, type Louis Garrel, des cheveux bouclés et en bataille, énigmatique agaçant, les yeux bleus cheveux noirs comme dirait l'autre. Il avait un t-shirt noir aussi, col rond, un pantalon bleu marine en toile et des baskets de la même couleur avec des rayures orange, même couleur mais pas vraiment, un bleu semblable trop proche, le tout n'allait pas ensemble mais on n'était pas là pour défiler. Il avait une simplicité d'allure qui me plaisait et qu'au fond je jalousais, je ne m'aimais plus, mes vêtements décalés qui couvraient mes bras et mes jambes trop fines et pas musclées me saoulaient. Je voulais ressembler à ce gars qui s'en foutait, suffisamment sûr de lui pour ne pas craindre d'être moche. On le sentait confiant mais pas trop non plus. Il ne m'avait pas parlé de façon abrupte, genre Prends-le mon dessert ducon j'en veux pas mais plutôt assurée comme on offre un café à quelqu'un qui proposerait lui aussi de le payer, Non mais laisse on divise Non non je t'en prie c'est pour moi Ah non pas encore ça me gêne, il me l'avait donné d'office son gâteau pour éviter ça sûrement, Oh merci mais attends t'es sûr que t'en veux pas ? Ne pas tergiverser. Je le regardais mais lui ne levait toujours pas son nez de son plat, il paraissait autant affamé que taiseux. Son air ne se prêtait pas à lui demander son prénom, c'est pourtant quelque chose qui se fait je me disais, je devrais mais je n'osais pas, je continuais à l'observer sans que ça le dérange, en tout cas il ne disait rien, il le voyait sûrement que je le zieutais mais il s'en branlait ou il kiffait. Quand il arriva à la fin de son assiette j'avais à peine commencé la mienne, il lâcha T'es là pourquoi ? je lui dis Angoisses je crois, il me fit Bienvenue. Putain trop tard qu'est-ce que je suis naze il avait tiré le premier, j'avais encore manqué une occasion de l'ouvrir. Il chiffonna sa serviette qu'il jeta dans son assiette, en se levant balança Je m'appelle Clément. Il rapporta son plateau d'un pas nonchalant, je suis tombé amoureux de sa nuque.

Je suis devenu dingue immédiatement, j'avais enfin une raison d'être ici je me disais. Je vis dans le dessert offert le signe d'un intérêt, je me disais Mais oui il est intéressé sinon il n'aurait pas fait ça, il l'aurait donné à quelqu'un d'autre son gâteau quelqu'un qu'il connaît ou bien il ne l'aurait pas mangé il l'aurait jeté. La seconde suivante je me disais Mais non comment je peux croire qu'il est pédé je suis neuneu ou bien, c'est le problème je n'ai toujours aimé que des mecs qui ne l'étaient pas, pédés, au mieux qui le devenaient un peu. Encore un classique ça, tu tombes gaga d'un hétéro juste parce qu'il est sympa avec toi, ouvert et sans jugement, tu le trouves tellement amène que t'en arrives à tout confondre, Est-ce que je l'aime bien ou trop bien ? L'amour que je lui portais - ceux qui pensent que le coup de foudre n'est pas de l'amour parce qu'on ne connaît pas la personne dont on prétend tomber amoureux eh bien je vous dis Faux ô combien faux il n'y a pas de plus grand amour que l'amour ignorant - trouvait sa source dans le désintérêt qu'il me manifestait. Il avait probablement juste envie de se débarrasser de ce baba au rhum qui prenait de la place sur son plateau et dont il savait qu'il n'aurait pas envie après son poisson-riz. J'étais chaud parce qu'il était froid, il n'était pas homo donc il fallait que je devienne son mec.

Il aurait été très simple de demander à n'importe quel idiot d'infirmier ou d'aide-soignant – ils l'étaient franchement pour la plupart même si souvent gentils, c'était déjà ça – son nom pour avoir confirmation, Qui est ce brun bouclé qui a mon âge à peu près ? j'ai entendu dire un certain Clément, c'est bien ça ? Encore qu'il n'est même pas sûr qu'ils auraient répondu, secret médical tout ça, mais peut-être le prénom au moins et de là j'aurais gratté des précisions, des trucs glissés sans volonté sans importance, des petites fissures un nom une ville d'origine voire la cause de son hospitalisation. Oui tu sais c'est peut-être l'hiver je ne sais pas mais y a beaucoup de dépressions en ce moment, ou Oh tu as déjeuné avec lui ! eh bien pourtant il ne mange pas beaucoup lui... Tous les indices étaient bons à prendre. Mais au fond je ne voulais pas savoir, l'imagination fait le boulot à notre place, je savais que je l'aimais quoi qu'il en soit. Je n'inventais pas sa vie, enfin pas tellement, plutôt je projetais la mienne avec lui, la nôtre, notre maison notre bagnole nos vacances, deux connards moyens avec un chien, j'imaginais ce mec qui me baiserait comme un dieu et passerait ses mains sur mes hanches et notre mariage, les chansons qu'on y chanterait et sur lesquelles on danserait. J'envisageais les moyens de le revoir au plus vite, le lendemain à la cantine mais peut-être n'y serait-il pas parce que je ne l'y avais pas vu avant, je n'étais pas là depuis bien longtemps mais quand même, il ne semblait pas débarquer ou alors ce n'était qu'un style, celui qu'il se donnait de mec cool que rien ne peut impressionner. Il fallait attendre, on n'avait rien d'autre de prévu de la journée à part sortir cloper ou déambuler, un jour comme tous les jours.

Le Largactil était un médicament prescrit dans tous les hôpitaux psychiatriques. Génériquement chlorpromazine, la molécule est surnommée camisole ou lobotomie chimiques par les aliénistes eux-mêmes, administrée en quantité journalière à des patients pour qui, c'est vrai, mieux vaut être shooté. Un puissant anxiolytique qui fait baver et dompte les fauves, utilisé dans le traitement de la bipolarité, de la schizophrénie ou de la psychose. On continuait à prescrire du Largactil parfois mais moins qu'avant, on avait commencé à se dire Quand même c'est peut-être un peu fort, les gens deviennent trop perchés alors on l'avait remplacé par du Loxapac, hop une piqure de loxapine dans les fesses et dodo. Moi j'étais toujours sous Seroplex et Lysanxia dont ils avaient augmenté les doses depuis ma grève de la faim. Camisole anxiolytiques électrochocs, autant dire que j'ai passé plusieurs jours à fixer le plafond. Il n'était plus question de sortir ou d'aller à la machine à café je ne pouvais plus, je ne sais pas exactement combien de jours je suis resté dans cet état t'as pas de notion du temps dans ces cas-là. Ça faisait longtemps déjà que ma mère ne me manquait plus, mécanisme de défense inconscient je ne voulais plus voir ma génitrice en tout cas pas comme ça dans cet état alors je n'y pensais pas. Quand un psychiatre passait au début il hochait la tête religieusement, ne disait presque rien prenait l'air de celui qui est certain de la marche à suivre. Les psychiatres ont l'assurance apparente des curés, les mains sèches et le pas lent, un pouvoir canonique.

Je l'ai revu le lendemain à la cantine. J'étais déjà assis et lui aussi, à une autre table avec des gens de notre âge que je ne connaissais pas, deux filles et un garçon qui semblaient normaux enfin peut-être un peu maigres mais normaux. Il faisait beau, trop pour cette ville pas habituée au soleil qui tapait sur les grandes vitres, on cuisait et y a peu de choses aussi désagréables que de cuire derrière une vitre. J'étais mal à l'aise je transpirais je savais pas comment m'y prendre, il ne me regardait pas il était loin. Il faut que j'aille jusqu'à sa table je me disais, trouver un moyen de parler le premier sauf que y a aucune raison, on va m'engueuler si je me lève on nous engueule quoi qu'on fasse, on n'a pas le droit de se lever tant qu'on n'a pas terminé. J'avais recommencé à m'alimenter un peu pour qu'ils ne me refassent pas le coup de l'ECT mais c'était plus comme avant, j'avais perdu l'appétit. Voilà une bonne raison je me suis dit, une raison véritable pour lui proposer mon dessert à mon tour parce que je n'ai pas assez faim. Il faut que je demande au gars qui surveille si je peux me lever, s'il dit non je suis baisé. Ce midi-là c'était Fabien et j'étais bien tombé, pas chiant lui, je ne sais pas s'il se foutait de ce qu'il faisait ou s'il trouvait dans le fond toutes ces règles ridicules, je ne devais pas l'inquiéter il devait se dire que je n'allais pas foutre le bordel d'un coup, je n'étais pas un violent et de toute façon il surveillait d'un coin de l'œil, le doigt sur la gâchette de son alarme. Je me suis levé pour approcher la table de Clément, arrivé devant les autres se sont tus et tournés vers moi alors lui aussi, il avait l'air blasé. Je viens à mon tour te donner mon dessert, je n'ai pas assez faim pour le manger. Il l'a accepté sans dire un mot, l'a posé sur son plateau et repris sa conversation. Il avait souri de la bouche seulement, sans les pommettes, d'un demi-sourire au regard éteint.

Suivirent des jours sans pain où l'approcher était impossible, je n'allais pas reproduire la même stratégie ça faisait traquenard au mieux canard, dans tous les cas repoussant. J'avais un peu lâché l'affaire, non par abandon mais par fatigue, vous imaginez un échec amoureux à l'HP ? la honte encore plus que dehors. J'étais épuisé de tout même d'y penser, pas glorieux me direz-vous quand on vise une histoire d'amour mais l'administration psychiatrique contrôle tout jusqu'à l'envie. Il me fallut attendre la fin de la semaine : à l'issue de l'une de mes mille marches quotidiennes jusqu'à la machine - la caféine, ramollie elle aussi par les médicaments, ne me faisait plus d'effet - il m'y a rejoint. Soit le fruit du hasard soit il avait capté que j'y allais souvent - il avait remarqué et cherchait lui aussi comment m'approcher, toujours la même question de midinette que je ressassais. Tu mets du sucre ? Mon cœur s'est jeté hors de mon torse, j'ai pensé C'est bon c'est pas le hasard je lui ai manqué, Tu mets du sucre ? je réprimais un rire, un rire nerveux que j'ai quand je suis heureux. Cette fois il me laissa le temps de lui répondre. Il régnait un silence d'église dans ce couloir où l'on entendait que le bruit de la trotteuse d'une pendule orange. Pour la première fois je le sentais. Pas un parfum mais son odeur à lui qui rappelait la vie extérieure, je ne connaissais plus que le mélange de celle de la cantine, du lino des chambres et des patients eux-mêmes pour qui la douche n'était pas quotidienne. Je pouvais de plus près observer ses dents irrégulières et pas très blanches, Il doit fumer lui aussi j'ai pensé, plus que moi. Il avait le visage tavelé, des taches de rousseur minuscules, presque invisibles sur sa peau fine mais j'étais suffisamment près pour les déceler. Je le scrutais tandis qu'il fixait le jus de chaussettes en train de couler. Il m'a proposé d'aller fumer dehors, au bord du jardin bien taillé où se réunissaient tous les tarés, silhouettes amaigries et voûtées agglutinées sous leur nuage. Peu importait, l'idée était d'être à ses côtés, je transpirais de nouveau et sentais des auréoles se former sur mon t-shirt. J'ai toujours beaucoup sué, quand j'étais plus jeune c'était pire, vers dix onze ans le début de la puberté les hormones déréglées je voyais des taches se former jusqu'à mes coudes chatouillés par les gouttes qui glissaient le long de mes bras et plus elles me trempaient plus j'étais gêné plus je suais, ainsi de suite.

Tu t'appelles comment ? Guillaume et toi ? ah non toi c'est Clément je sais pardon. Il semblait toujours calme ou mou en tout cas pas embêté par le silence, au début on ne savait trop quoi se dire ou par où commencer. Il m'a demandé d'où je venais, lui était de Carhaix dans le centre du Finistère, il était en term au lycée Paul-Sérusier. Il me dit que le bahut ne lui manquait pas mais que sa moto oui, une 125 qu'il avait mis du temps à pouvoir acheter et qu'il avait un peu retapée enfin débridée, sur laquelle il aimait rouler vite trop vite et qui lui donnait la liberté, comme la mère de Marie-Jeanne et sa 206 CC. Les cours étaient finis pour lui, en tout cas pour un moment parce qu'il avait eu trop de problèmes et surtout une phobie scolaire. Il me disait Au début normal je n'aimais pas l'école mais comme tout le monde c'est l'enfer mais faut se forcer. Ça me faisait penser à ce que j'avais connu en mille fois pire. Arrivé devant le collège il vomissait il pleurait alors tout le monde lui sautait dessus, Ben alors trou du cul elle te manque ta maman ? tu pleures ta maman ? ahahah regardez-le il chiale ! Ensuite les profs lui sont tombés dessus aussi ils disaient Eh ben alors Clément qu'est-ce qu'on va faire de toi faut faire un petit effort hein faut se secouer, une vieille prof de maths qui portait un pull Mickey lui criait Non mais alors ! jamais vu ça ! jamais vu un élève qui se fait si souvent porter pâle ! Parce qu'avec la phobie scolaire il y avait le vomi et la chiasse voire la fièvre, le corps faisait tout ce qu'il pouvait pour expulser, parfois ses parents croyaient qu'il avait une gastro ou la grippe, lui aussi il en était persuadé, difficile de séparer le bon grain de l'ivraie dans la tranchée. Petit à petit (heureusement Clément avait des parents bien) il y a eu des pédiatres et puis des psys qui ont trouvé des mots. Un, surtout : maladie. Une maladie nouvelle et méconnue. En dépit du savoir médical, d'habitude synonyme d'autorité divine, certains profs ne voulaient rien savoir. Des enculés qui écrivaient des trucs du genre Ne fera rien de sa vie, Touche le fond mais creuse encore sur les bulletins de gosses épris de revanche jusqu'à la fin. À force d'être déscolarisé, Clément avait perdu pied. La mutuelle de ses parents lui permettait de continuer à suivre six heures de cours par semaine chez lui, pas assez pour l'accrocher. Perte de ses amis, peur de l'extérieur et du regard des autres, au bout d'un temps Clément ne sortit plus et sombra dans l'anorexie.

Il allait peser quarante kilos bientôt, le médecin généraliste de la famille demanderait à ses parents de l'emmener à l'hôpital. Après un court séjour où il reprendrait un peu de poids, les médecins conviendraient qu'il serait mieux à Gourmelen.

Avec tout ça on en était déjà à la fin de notre deuxième clope. Je m'intéressais à ce qu'il me disait mais il aurait pu me sortir n'importe quoi. J'étais surpris de sa loquacité, le temps décuplé de l'HP ne le ralentissait pas encore. Il pensait sortir bientôt, comme tous au début ici. Et moi, est-ce que j'avais peur de rester ? Je me savais sain d'esprit, je faisais confiance. Certains étaient là depuis dix vingt ans et plus, incapables d'être soignés on ne savait pas où les recaser. Les aliénés c'est comme les animaux, après un long enfermement ils ne sont plus capables de survivre dans la nature. Clément me proposa de rentrer. J'acceptai mais je voulais à mon tour faire preuve d'initiative, montrer que je cherchais à prolonger le moment. On aurait pu s'asseoir sur le banc au bout du couloir par exemple je lui aurais raconté des trucs je n'avais pas eu le temps de prouver que je n'étais pas cinglé mais une grosse aide-soignante gueula Eh oh ça va les deux là ? 'vous croyez en vacances ? chacun dans sa chambre, z'allez pas nous faire des bébés non plus ?

À l'hôpital, Raffaella était loin. Là-bas, on n'avait le droit à rien, pas de bagues ou de bijoux qu'on pouvait avaler pas de vernis qu'on pouvait boire pas de broche ou d'épingle à cheveux qu'on pouvait s'enfoncer dans les yeux. On était dans un endroit *sûr*, pour nous-mêmes et ceux qui y travaillaient, on essayait d'y tenir la mort à distance mais l'envie d'en finir que l'on prétendait soigner était entretenue par l'absence du plaisir. Raffaella me revenait par la musique, il y en avait parfois dans la grande salle même si c'était rare. Je me souviens d'un disque qu'un infirmier devait avoir ou aimer ou les deux parce qu'il le mettait quand il était là. C'était l'*Arpeggione* de Schubert. J'ai retenu son nom beau comme l'air qui rappelait la poésie et la mer chaude. Raffaella était dans ces notes, je la voyais je l'entendais elle me disait Ne t'en fais je suis là je ne fais que les toiser ces gens-là, ce n'est pas parce qu'ils ne me voient pas que je ne suis pas là cachée dans l'obscurité, tout ce que tu leur montres n'est que le fard d'un masque ne doute pas de moi. Alors j'étais rassuré, je sentais sa puissance prête à jaillir, vous allez voir ce que vous allez voir.

« Allez viens, ça suffit la comédie, on part en Italie. » J'avais lu cette phrase dans un roman que j'aimais beaucoup, je ne sais plus lequel, il s'agissait du père de la narratrice qui disait ça à sa copine alors que celle-ci devait passer un examen ou un concours ou peut-être seulement le bac, ils étaient jeunes. Je me souviens de l'émerveillement à me l'imaginer, cet acte rêvé de tout plaquer au pire moment, la beauté de personnages en fuite trouvant repos dans une villa abandonnée bordée de pins et de laquelle descendrait vers la mer un chemin de chèvres comme chez Sagan. J'avais décidé d'attendre notre prochaine rencontre pour dire à mon tour à Clément Allez viens ça suffit la comédie on part en Italie. On achèterait une voiture avec nos économies, un vieux truc sur le Bon coin, on gagnerait le Sud par l'Auvergne, en dix heures de route avec une pause rapide on serait à Aix-en-Provence. De là on se passerait le volant, l'un des deux ferait la route restante de nuit, il aurait dormi auparavant côté passager, on traverserait Marseille, Toulon, Nice avant de gagner la frontière italienne. Pas besoin d'aller loin, on serait rapidement à Bordighera, le village de la

Riviera transalpine nous protégerait. On se persuaderait qu'on ne lancerait pas Interpol pour nous retrouver, les mecs à l'HP appelleraient la police qui dirait Attendez ils sont grands et pas dangereux on ne peut rien faire, ils peuvent déjà à l'heure qu'il est avoir traversé l'Espagne et rejoint le Maroc on laisse tomber. Nos familles respectives ne se donneraient pas la peine de faire quoi que ce soit, trouveraient dans le fond préférable de se savoir loin de nous et des ennuis. Elles feraient leur deuil, partagées entre le léger remords de nous avoir abandonnés et le soulagement des jours tranquilles. Dans le centre de Bordighera on louerait un appartement au bord de la ruine, oublié des touristes. Une vieille dame en manque d'argent nous accueillerait en fermant les yeux devinant qu'on n'est pas frères, lançant des remarques perfides qu'on ne réussirait pas à traduire. On trouverait des petits boulots dans des restos, Oh ces cons de Français qui veulent changer de vie, peuvent pas aller ailleurs diraient les restaurateurs qui auraient besoin de main-d'œuvre et nous embaucheraient quand même. On se baignerait dans les reflets argentés de la Méditerranée comme Gabriel Matzneff pas loin, réfugié dans un hôtel du front de mer. Au bout d'un temps on se ferait chier, on aurait économisé alors on reprendrait la route, Clément suivrait des études par correspondance, deviendrait prof de français, j'écrirais un livre. Sur un balcon de Naples, des pages éternelles et poignantes sur l'amour vagabond.

Le lendemain je l'ai trouvé seul dehors ses doigts longs au bout d'un filtre, je me suis approché je lui en ai demandé une on ne parlait pas. Rien ne sortait de nos bouches ni de cet endroit. Clément ne montrait aucun indice de ce qu'il voulait, on pouvait imaginer qu'il avait eu des meufs facilement avec détachement. Il a proposé qu'on rentre une fois encore j'ai dit Ok il commençait à faire froid je n'osais pas le regarder. Il m'a jeté un regard sans s'arrêter a pris le couloir de l'autre côté je l'ai suivi un pas derrière. Après quelques mètres il a ouvert la porte de droite sur un escalier qui descendait à la buanderie dont on sentait la chaleur des lessives, il m'a pris par la manche et tiré vers lui. Il a refermé la porte et pénétré ma bouche de sa langue qu'il a tournée autour de la mienne. Il m'a demandé si j'en avais envie, j'ai dit Oui t'avais compris il a dit Oui je l'ai senti, il a glissé ses mains dans mon pantalon sur mes fesses puis sur mes épaules en appuyant un peu, il m'intimait de descendre. Il a sorti sa queue et je l'ai sucée, je sentais sous mes mains les os saillants de son pubis. On aurait pu nous surprendre, une aide-soignante descendre chercher du linge et c'était le frisson du danger, je me disais qu'il avait peut-être fallu attendre ce jour, en le pompant je pensais que c'était lui, qu'on allait vraiment partir en Italie, qu'il y avait encore de la vie.

Éléonore. Je trouvais que ma belle-mère avait un joli prénom, un prénom qui n'allait pas avec ses airs de poissonnière mais collait à la bourge qu'elle était devenue. Elle s'était pointée en émissaire, envoyée spéciale de mon père à l'asile, je n'avais jamais de visite alors la sienne m'a plus que surpris, j'étais peinard au pieu quand elle a débarqué sans gêne, elle ne changeait pas elle était cohérente avec ce que je connaissais d'elle, le genre de meufs de droite qui se croient tout permis, parlent fort et prennent les autres pour obligés. Encore une qui a oublié d'où elle vient je me disais, mon père et elle se retrouvaient au moins sur leur passé, quand l'argent était compté quand on n'achetait pas à tour de bras, rien de plus que le nécessaire, on faisait des choix. Là je dois dire qu'elle n'a pas trop fait la fière, c'est sûr que foutre le pied dans un HP pour voir le beau-fils ça doit calmer. Elle a rejoint la chaise près de la fenêtre, Bonjour Guillaume j'espère que je ne te dérange pas. J'étais un peu scotché puis je me suis dit qu'elle allait m'engueuler, Comment tu vas ? elle s'est reprise Je veux dire est-ce que les gens sont sympas avec toi ? Ah donc elle n'allait pas m'engueuler, elle était plus fine que ça elle voulait faire la rusée. Ça va ça va j'ai répondu, comment voulez-vous répondre franchement, de la parlotte sans intérêt mais c'était pas le moment d'être franc, je me suis souvent dit que ce serait marrant de répondre toujours franchement à cette question. Je vais pas te mentir je continuai, je vais pas te mentir c'est pas l'éclate non plus mais bon c'est comme ça je crois puis c'est pas pour la vie. Tu te doutes de pourquoi je suis venue elle dit, pourquoi je suis là. Je ne veux pas être méchante Guillaume comprends-moi bien je ne veux pas rajouter de la peine à la peine mais je ne comprends pas. Pourquoi est-ce que t'es allé inventer ça ? Ton père est tellement abattu qu'il ne veut pas venir il ne veut plus te parler j'imagine que tu t'en doutes. C'est lui qui t'a envoyée ? Mais non elle dit, je suis une grande fille je ne me fais pas dicter ce que je dois faire mais notre vie est foutue. Je respecte ta douleur, d'où qu'elle vienne, mais pourquoi dire ça pourquoi nous détruire ? parce qu'il n'a pas été assez présent quand t'étais gosse ? il s'en veut de ça tu sais il s'en veut de tout aujourd'hui il dit qu'il a dû merder quelque part et puis son métier c'était toute sa vie au début le barreau c'était dur il fallait déjà l'avoir avant de s'y consacrer tout entier décrocher des clients puis les garder... Je dis *c'était* parce qu'il ne bosse plus j'ai un légume à la maison. Elle serrait fort les mâchoires, on aurait dit qu'elle voulait me buter et en même temps rester calme, essayer de me faire accoucher dans la douceur. C'est tellement stressant ce boulot que tu te fais bouffer elle continuait, lui ç'a été ça il ne savait pas faire deux choses à la fois, toi et le travail c'était l'un ou l'autre c'était d'abord le travail ou ta mère et ç'a été le travail. De toute façon ils ne s'entendaient pas tu sais, pour ta mère aussi c'était mieux comme ça. D'où elle se permet de causer de ma mère j'ai tiqué, Écoute je me doute que pour toi aussi c'est dur d'entendre ça mais c'est comme ça mais ça va c'est les autres qui croient que je suis baisé t'inquiète même si j'ai bien compris que tu t'inquiètes surtout pour lui au fond, je ne sais pas bien pourquoi je suis là. Elle était aussi tendue que dépitée à m'écouter, je ne sais pas à quoi elle s'attendait en venant me voir, que je me dédise peut-être, qu'elle puisse repartir avec l'aveu de mon mensonge, une volte-face, Pourquoi tu parles de ma mère d'ailleurs je lui dis, d'où tu sais que c'est mieux comme ça ? et puis aujourd'hui elle devient quoi ? tu pourrais pas être son émissaire aussi à elle parce que j'ai zéro nouvelles. Ta mère elle se repose elle a répondu, ta mère est en arrêt maladie et je pense pas que d'ici sa retraite ça changera, c'est mieux comme ça elle est épuisée une grande angoissée tu sais bien, déjà avec son père alors avec tout ça... elle tenait plus debout. Pourquoi elle ne vient pas je lui répète, tu le crois ça qu'elle est pas venue, elle aurait pas pu foutre un pied ici ne serait-ce qu'une fois ? Je sais elle me dit, elle est venue y a pas longtemps elle a essayé... Éléonore portait un collier au bout duquel pendait un camée qui m'a déconcentré, Tu me le donnes ? Elle a relevé un peu le visage, ne s'attendait pas à ça. Elle dit J'avais oublié. Alors sans un mot elle me l'a tendu elle avait pitié c'était clair dans ses yeux elle l'a enlevé lentement et me l'a tendu l'air de dire Mon pauvre comme ça doit être compliqué, oui je peux bien faire ça après tout tu as voulu nous briser mais tu dois l'être aussi, enfin j'en sais rien c'est moi qui suppute peut-être qu'elle n'en avait rien à foutre de ce collier et qu'elle s'en débarrassait comme d'une vieille chaussette mais pour moi c'était chouette ça m'a ragaillardi. Merci je lui ai dit, merci tu sais ça me fait plaisir c'est gentil, tu ne m'as jamais fait de cadeau je crois, Tu rigoles ! elle balança d'un coup, Tu rigoles tu crois que les cadeaux de Noël chez nous c'était ton père qui les achetait tout seul ? Il n'a jamais d'idée, ça l'emmerde les cadeaux. J'ai senti comme une brèche, j'ai presque cru que j'allais lui parler de Raffaella ou qu'elle allait embrayer sur le sujet, que j'allais pouvoir lui demander d'autres trucs tant que j'y étais genre du maquillage mais ç'aurait été abusé alors je me la suis fermée. Elle s'est levée m'a dit Bon Guillaume je suis désolée j'espère que tu pourras sortir bientôt mais d'ailleurs en sortant tu iras où ? Sa question l'a effrayée, elle l'a balayée d'un revers de main, Tu verras bien le moment venu elle dit aussitôt pour m'empêcher de répondre ou parce que la question n'en appelait pas, de réponse, que c'était trop d'y penser à ce moment-là. Quand elle est partie j'ai eu envie de pleurer, j'ai senti direct la crise d'angoisse monter alors j'ai appelé une infirmière, j'avais envie de crever oui c'était trop et pas seulement cette question-là tout était trop pour moi une visite à l'improviste que je ne comprenais pas, comment on avait pu l'autoriser cette visite, la faire venir jusqu'à ma chambre sans me prévenir ? Ce n'était ni Éléonore ni mes parents ni la vie d'avant que je pleurais mais Raffaella je crois, elle et mes soirées drag, je voulais danser, faire le show, faire la belle à pas d'heure, je voulais retrouver les mecs derrière l'écran – je ne pouvais qu'y rêver et encore, ça c'était les jours où je n'étais pas trop ramolli par les médocs. Je fermais les yeux en me disant Tout sera fini bientôt, les jours heureux le sont parce qu'ils ne sont pas nombreux mais parfois je me demandais si ce n'était pas pour ça qu'on m'avait mis là, pour m'empêcher de danser. Personne alors n'avait de compte OnlyFans, le site n'existait pas encore sinon je m'y serais vautré, un site où l'on se fait payer pour montrer son cul tout le monde fait ça maintenant le nombre d'ados qui montrent leur bite pour vingt euros je vous raconte pas, pas cons les jeunes *time is money* le cul est *money* pour tout le monde maintenant y a plus le temps alors on se fait des abdos et on jouit sur commande. Je me dis que j'ai été précurseur un peu, oui oui rien que ça faut bien s'envoyer des fleurs de temps en temps, j'étais en avance sur mon temps. L'infirmière est arrivée et m'a filé un Lysanxia, avec un verre d'eau.

On avait décidé de le faire en plein après-midi. Quand ça paraissait impossible, sous la vigilance des soignants. Partir après le déjeuner, quand les pensionnaires regagnent la salle télé, le fumoir ou leur cage, quand les infirmiers déambulent à faire on ne sait trop quoi - checker une chambre de l'unité des malades difficiles ou organiser une activité. Je les imaginais en train de prendre un « jus » en salle de soins, comme ça qu'ils appellent l'espèce de placard où ils partagent un micro-ondes, de causer de Macron, des salaires ridicules et des APL de la dernière qui mettent du temps à être versées (dans le fond ils étaient contents d'être à Quimper et c'est vrai que c'est une bonne ville pour être infirmier une petite ville pas chère où c'est encore possible de se loger et la mer n'est pas loin). On s'était dit tant qu'on y est autant sortir par la grande porte alors on a marché tranquillement, sans sac évidemment, on avait tout laissé. Dans ces cas-là c'est comme quand on part d'un resto sans payer, faut adopter une démarche assurée ne pas flancher comme si tout était normal. On avait traversé l'allée bordée de palmiers, dépassé la statue et franchi la grille côté piéton. En moins de cinq minutes on était sur le trottoir. Il aurait fallu dès lors avoir un plan qu'on n'avait pas, on n'y croyait pas nous-mêmes, on pensait qu'ils nous auraient rattrapés d'ici là. Une fois hors du champ de vision de l'entrée on a couru. On voulait retrouver sa moto, Clément disait qu'elle serait garée au même endroit près d'un passage à niveau du chemin de fer, qu'elle y serait peut-être toujours qu'on aurait peut-être de la chance. Il disait qu'il avait failli crever dans un accident de moto un jour qu'il n'était pas passé loin mais que c'était trop bon qu'il ne pouvait pas s'arrêter, qu'une fois ses blessures soignées (une jambe cassée, des semaines de rééducation) il avait repris tout de suite. On m'avait raconté gamin que j'avais eu un cousin mort comme ça, ça me revient, un cousin éloigné je crois mort bourré en sortant de boîte, le mec s'était crashé à cent vingt à l'heure, le jour était déjà levé.

Avec Clément on a marché une bonne heure avant d'arriver à l'endroit, son engin bien sûr n'y était plus. J'étais déçu, je voulais enfourcher sa monture derrière lui tenir ses hanches sentir mon sexe frotter contre son blouson de cuir, je m'imaginais telle la femme d'un voleur tombée amoureuse d'un dangereux meurtrier à qui je rendrais visite en prison, il aurait roulé jusqu'à la tombée de la nuit avant de me baiser sur une plage où l'on se serait endormis. Je me disais que malgré tout on ne s'était pas douté de ça à l'asile, on ne s'était pas douté qu'on réussirait un jour à s'échapper. Comme quand on s'attendrit devant les bébés, on ne se dit jamais Oh il est mignon avec ses petites joues ses petites mimines mais peut-être que quand il sera grand il deviendra tueur en série ce petit bébé ou patient d'un HP, on ne se le dit jamais.

Je porte un pantalon à fleurs, j'ai fait des pieds et des mains pour l'avoir et ma mère a cédé, non pas qu'elle refusait jusqu'alors parce qu'il avait des fleurs mais parce qu'il coûtait cher. Elle avait dit Bon ok et j'en étais très heureux, j'en rêvais depuis un bail comme le petit sac à dos jaune en cuir vernis. On avait été dans un magasin m'acheter un cartable et j'avais dû prendre celui qui convenait, l'autre, le marron moche en tissu, celui qui passait inaperçu. Celui-là te va ? allez on prend celui-là on est partis. Le soir je pleurais sans m'arrêter sans comprendre, c'est plus tard aussi que j'ai capté que ce sac était celui qui *passait*, qui ne faisait pas petit pédé. Un petit pédé il se tait, il sait qu'il n'a pas le choix. Alors ce pantalon à fleurs je l'ai mis souvent à la maison, mais à l'école une seule fois. Ma mère n'avait pas anticipé les moqueries, me conduire à l'école avec ce pantalon était aussi normal que si j'avais eu de nouvelles chaussures ou de nouvelles lunettes, noires ou roses ou à paillettes. Il n'y avait pas, dans l'esprit de ma mère, la perfidie de celui des autres. Elle était bonne, sans arrière-pensées. Aussi je n'ai jamais eu depuis lors qu'un sentiment de tristesse à son égard, peiné de lui avoir mis sous les yeux toute la dureté du monde, ses coups bas et sa violence. Quand je suis rentré avec l'œil bleu elle n'a pas compris, elle n'a pas compris qu'on puisse s'en prendre à moi parce que mon pantalon avait des fleurs. Quand j'ai su qu'on allait lui retirer ma garde j'étais soulagé, apaisé de ne plus avoir à regarder en face tout le mal que j'avais apporté dans sa vie.

Après quelques heures à errer dans les rues de Quimper on s'est dit Bon ok mais maintenant ? On était deux enfants qui n'avaient jamais pensé à la réalité. Un effet de protection diraient les psys, on a trop vécu une vie de merde pour se rendre compte des choses telles qu'elles sont vraiment. On a commencé à s'embrouiller après avoir volé un paquet de bonbons dans une boulangerie, la pauvre meuf n'a pas cherché à nous rattraper mais j'ai chialé, Clément m'a vite fait engueulé il n'était pas bien non plus il voyait flou, *a posteriori* je ne comprends toujours pas comment on a pu, on pensait qu'on aurait pu prendre le train, monter dedans et gruger, éviter les contrôleurs, changer de wagon en guettant leur passage - ils ne passent pas tout le temps. On n'a pas eu les couilles, l'HP c'était le bagne mais c'était le nôtre. Fuir pour aller où, rejoindre quelle rive ? on savait je crois qu'elle ne serait pas viable cette nouvelle existence de laquelle il aurait tout autant fallu réchapper. Si on rentrait on se ferait placer à l'isolement quelques semaines, chacun dans une chambre proche l'une de l'autre on pourrait trouver un moyen de se parler en morse, on ne le connaissait pas le morse mais on pourrait l'apprendre, des trucs que l'on taperait contre les murs pour communiquer et puis faut bien se rendre compte qu'à l'HP l'isolement c'est pas le pire, loin de là, au contraire même parfois tu fais deux trois conneries pour y aller parce qu'en iso t'es peinard, on s'occuperait de nous, je veux dire on nous remettrait un petit coup de Loxapac un petit coup de Valium et hop on ne bouge plus on ne pense plus on se repose. Personne pour te casser les couilles pendant les activités à la con, personne pour te taxer tes clopes. Un repos dans une salle blanche. Du lit on fixerait vaseux le bureau et la chaise vissés au sol pour ne pas qu'on les balance.

On était sur le quai quand on a renoncé à prendre le train. L'hôpital était assez central et la gare aussi, on n'avait pas marché loin. Comme dans beaucoup de villes, le quartier de la gare à Quimper était un peu craignos, la rue qui y menait était faite de kebabs et de vieux bars d'alcoolos accoudés dès le matin. De l'autre côté, quand on venait du nord de la ville, c'était le paradis des sex-shops : poppers moins cinquante pour cent cabines duo X strings en vitrine. Je dois dire que les cabines duo ça me faisait envie un peu, ça me rappelait un film avec Isabelle Huppert dans lequel elle matait un porno - c'était l'âge aussi, pas de ma faute, le moment des hormones. Avec Clément on le faisait pas encore beaucoup enfin pas autant que j'aurais voulu moi je voulais le sucer tout le temps mais souvent il me repoussait il disait Pas maintenant parce qu'il avait trop de choses en tête. Moi aussi vous me direz j'avais des choses en tête mais je voulais compenser par le sexe, c'était un dérivatif, ça dépend des gens ça soit t'en as envie pour oublier soit t'attends d'oublier pour en avoir envie. Toujours est-il que comme dans beaucoup de villes la gare était prisée des punks à chiens, rastas blancs et bergers allemands. C'est peut-être les bergers allemands qui m'ont ouvert les yeux. Si on avait pris le train, serait-on devenu autre chose que ces étrangers perdus ? Sous la pluie qui commençait à tomber j'ai sorti ce qui me titillait depuis le début, Clément c'est une connerie viens on rentre Clément si tu rentres pas avec moi j'y retourne tout seul qu'est-ce qu'on fout là tu vois bien que c'est n'importe quoi. Il s'emporta plus fort, Mais ta gueule putain ! ferme ta putain de gueule !! Mais putaiiiiin !!! Et il a éclaté. Les sanglots se muèrent en gémissements, la haine en angoisse. Il s'agenouilla, semblait ne plus sentir la pluie, j'ai mis ma main sur son épaule qu'il a chassée, il suffoquait, pleurait tellement qu'il s'étouffait. Entre deux larmes il râlait, commençait à s'apaiser par la tétanie, la tristesse lui creusait le cerveau. Notre évasion foireuse allait participer de tous ces moments qui nous rongeaient. Il s'allongea enfin sur le trottoir mais trop vite, il se laissa tomber, son front saignait il chialait de plus belle, le problème n'était pas de saigner du front mais du cerveau justement, de l'intérieur, il tapait du poing et je ne savais pas quoi faire. Quelqu'un avait appelé une ambulance puisque deux mecs sautèrent quelques minutes plus tard d'un camion pour s'agenouiller à ses côtés, ils me demandèrent de m'écarter. Bonjour monsieur c'est les pompiers restez allongé ne bougez pas on va s'occuper de vous, un médecin et un infirmier c'était écrit sur leurs gilets jaune fluo, ils l'ont allongé sur le dos et ça faisait de la peine à voir sous la pluie qui continuait. Ils ont commencé par prendre sa tension j'ai pas entendu si ça allait ou pas moi j'étais à quelques mètres et je pouvais encore moins faire quoi que ce soit ils l'ont recouvert d'une couverture argentée imperméable qui brillait ils lui ont demandé s'il pouvait se lever et l'ont aidé à rejoindre le camion, arrivés au fourgon ils l'ont allongé sur le brancard, ils ont ensuite écrit des trucs, le médecin a appelé quelqu'un, La voilà la fin de la course je me suis dit c'est fini il doit être en train d'appeler les flics ou l'HP ou quelqu'un qui va venir nous chercher. J'étais frustré et soulagé.

Avec Clément on s'était dit qu'on se marierait un jour. Enfin je ne sais plus si on se l'est dit ou si c'est moi qui me le suis dit, moi c'est sûr je me le disais, je nous voyais nous marier dans un des châteaux pas loin de là au bord de la rivière, il y aurait du monde style deux cents personnes au moins de la musique et des chapeaux, je voulais un mariage à l'américaine, les pédés aussi ils sont biberonnés à ça maintenant, c'est l'effet séries couplé à l'effet Taubira. Ils ont peut-être raison ceux qui disent qu'au fond on a été bernés enfin en l'écrivant je ne trouve pas ça déconnant mais je ne me le disais pas alors, ça me faisait encore rêver la cérémonie en costume, un truc tradi, je savais que dans certains cas les mariés arrivaient en dansant, je nous imaginais entrer dans la grande salle du château sur Lykke Li, *I I follow I follow you deep sea baby*, on aurait irradié d'un bonheur tapageur, les gens se seraient dit Ouais y a pas à chier ils sont faits pour être ensemble, ils en ont bavé mais ils ont eu raison de s'accrocher.

Un pote. Je l'avais déjà entendu ce truc-là des mecs qui ne s'assumaient pas qui disaient au mieux Ouais c'est mon ami, tournaient autour du pot pour se cacher. Des mecs qui se mentaient à eux-mêmes y en a des tas et je m'étais dit Moi jamais j'accepterais ça. Cette sensation que ça fait d'être ramené au statut vaguement proche de copain même pas ami mais un *pote.* On dit pote pour minimiser la marque d'affection, ne pas laisser entrevoir une trop grande proximité qui serait dangereuse pour celui qui l'émet, toute déclaration est une marche sur un fil, on ne veut pas se faire avoir. J'encaissais parce que je l'aimais ce mec et j'acceptais qu'il n'assume pas, je me disais Faut du temps tout le monde ne peut pas faire son coming-out d'un coup chacun son rythme ça ne veut pas dire qu'il ne m'aime pas je le sais alors laissons-lui le temps de le dire de se le dire et puis là il n'est pas bien. *Un pote* a donc dit Clément quand le médecin m'a désigné du menton en lui demandant qui était ce garçon par rapport à lui. On m'a proposé de me poser sur le strapontin de l'ambulance près du brancard. On a fait le chemin inverse vers l'hôpital, Clément avait dû finir par leur dire qu'on venait de là, vaincus dans la gueule du loup.

Il n'était pas question que Raffaella soit là tous les jours. Y a des fois où j'en avais pas envie, j'étais moi Guillaume tout seul et c'était très bien, je ne cherchais pas à changer d'identité enfin pas de façon permanente, je ne voulais pas choisir surtout. Mais y a des jours où je ressentais le manque, le camée de la belle-mère ne suffisait pas, vous pensez bien que je l'avais planqué sinon Dieu sait ce qu'il serait devenu, confisqué sûrement, jeté peut-être. Il me fallait quelque chose pour me rappeler à elle alors je me suis dit que j'avais pas d'autre choix que d'aller fouiller. Fouiner dans les affaires des vieilles folles qui étaient là, parce que je ne vous ai parlé que de Clément on dirait qu'on était deux dans le service mais non bien sûr le monde va mal les gens sont fous c'était plein comme un œuf. J'ai pas fait ça la nuit parce qu'il ne fallait pas que les meufs soient dans leur chambre, je l'ai fait comme notre évasion en pleine journée quand on parquait les neuneus devant la télé, j'ai fait genre j'allais pisser rien de plus compliqué, puis je n'ai eu qu'à me servir. Bon j'ai fait plusieurs chambres avant de trouver un truc potable, c'était dans le placard de je-sais-pas-qui, de toute façon la jupe je n'allais la mettre que dans ma chambre donc personne ne la reconnaîtrait. Il y aurait sans doute des fouilles si la dingue s'en rendait compte, elle dirait aux surveillants enfin aux infirmiers On m'a volé une jupe alors ils chercheraient ne la trouveraient pas et s'accorderaient pour dire qu'elle a raison, que peut-être elle ne délire pas sur ce coup-là et qu'il y a des vols, on va chercher, ou peut-être qu'ils ne la croiraient pas ne sachant pas qu'elle avait une jupe dans ses affaires, se disant qu'elle invente comme souvent les gens inventent pour survivre ou bien peut-être qu'ils la croiraient mais s'en foutraient. Y en avait deux de jupes, une moche et une ok, bleu marine ample et souple, un truc facile à mettre je me disais qu'on doit mettre ça aux vieilles sur leurs couches mais je m'en fichais, je pouvais pas chipoter. Je l'ai mise sous mon t-shirt je ne savais pas où autrement, en sortant j'ai vu quelqu'un au bout du couloir donc je l'ai vite sortie et cachée dans mon dos, je marchais les mains derrière comme les vieux ou les notables, ça créait un truc anachronique – nan c'est pas le bon terme je crois je veux dire un truc *décalé* –, genre je me baladais tranquille en promenade du dimanche postprandiale – j'ai lu ce mot un jour je l'aime bien –, bref j'ai marché comme ça tranquille jusqu'à ma chambre, j'ai foutu la jupe dans mon sac parce qu'on ne l'ouvrait jamais mon sac à dos, c'était celui que j'avais quand je suis arrivé, ils l'avaient vidé pour mettre les deux trois trucs qu'il contenait dans le placard ils devaient penser qu'il était vide depuis, logique, ils n'iraient pas regarder dedans, pas sans raison, et puis je me suis allongé, fier de mon larcin. J'avais une jupe et un collier, peut-être que ça me suffirait, en tout cas c'était déjà pas mal, avec des chaussures aussi ç'aurait été bien mais pas évident de trouver des talons taille 42, j'oubliais l'idée. J'avais décidé de laisser pousser mes cheveux, plutôt je refusais qu'on me les coupe et ils ne m'emmerdaient pas là-dessus – ils n'avaient pas dû penser à la vraie raison ils devaient se dire que c'était simplement pour les faire chier que je refusais, oui c'était vrai mais pas seulement c'était un des seuls moyens que j'avais de compenser, de voir si elle pourrait s'y loger, ça me ferait peut-être penser à elle si je réussissais à les garder suffisamment longs pour les faire voler faire un mouvement avec comme dans les pubs pour shampoings, je voulais voir ce que ça rendait. Bref la jupe je l'ai portée le soir même, une fois tout le monde couché après les médicaments j'ai lutté pour ne pas sombrer et je me suis levé pour l'enfiler. J'avais enlevé mon t-shirt et mis le camée à même ma peau, je n'avais que la jupe et le collier je respirais je me sentais libre, la sensation de se baigner nu sentir l'eau partout sur soi ou l'air partout sous ma jupe que je faisais un peu tourner, je dansais en silence je me regardais dans le miroir et j'aimais ça, il m'allait bien ce collier, et je pensais à Éléonore c'était vraiment gentil de sa part peut-être que j'avais été trop dur je me sentais presque coupable oui en fait je me sentais coupable, Notre existence est ruinée elle m'avait dit, est-ce que ça valait le coup ? j'y avais été trop fort peut-être, ça n'avait plus de sens, qu'est-ce que c'était que cette vie qui ne rimait plus à rien, je me disais que j'avais été faible, qu'on avait été faibles avec Clément et j'étais déçu.

Il m'avait emmené à l'étage un jour, on s'était dit là qu'on n'était pas si surveillés que ça : on avait pu monter facilement, redescendre sans que personne nous voie. Au bout d'un couloir aux portes fermées dont on se demandait ce qu'elles planquaient il a ouvert la fenêtre. Elle plongeait sur un côté du bâtiment d'où l'on apercevait le parking clairsemé, les visites étaient rares et le personnel manquant, les quelques voitures minables qui se bagarraient faisaient pitié, les mecs n'avaient pas de fric, Clio Twingo Kangoo rouillées. Clément avait baissé son pantalon, il me poussait à faire la même chose, je me suis demandé s'il voulait baiser là à la fenêtre et pourquoi là et puis en fait non, il s'est approché de la rambarde. Il m'a dit Regarde j'adore faire ça fais pareil tu vas voir comment ça fait du bien y a peut-être un vieux dans sa chambre en dessous qui voit ça de son lit et peut-être qu'un jour on me dira quelque chose mais pour l'instant on ne me dit rien on ne m'a jamais rien dit regarde comme c'est bon, je pisse debout et loin.

Lorsque je me suis réveillé seul à l'hôpital je pouffais ; on l'a fait je me disais, on s'est barrés et à cette pensée je sentais mon pouls s'accélérer mon cœur battre, j'étais à la fois sonné et heureux, je gloussais en pensant aux jours aux mois à venir à mon avenir entre ces murs. J'avais deux choix : fuir encore, attendre que l'on me retrouve, ça arriverait un jour ou l'autre et comme je n'allais rien faire pour me cacher ou le ferais mal ça viendrait vite ou bien découragé je reviendrais de moi-même, je me rendrais, Je me suis évadé de l'HP Monsieur le policier ramenez-moi s'il vous plaît mais avant cela pourriez-vous m'embrasser ? je vous trouve très beau avec votre matraque ; ou me tuer. Une seconde éventualité à laquelle je n'avais pas encore vraiment pensé. C'est quand la vie est triste qu'on en rigole alors je vous dis pas comme je riais en silence, je ne voulais pas brailler et réveiller les gens, tout ça pour ça, on aime et puis on se tue, si facilement. J'étais accablé de fatigue, les médicaments m'empêchaient. Dans les rues de Quimper avant j'avais les couilles de mettre parfois des talons, pas des trucs trop voyants mais des bottines assez hautes quand j'en trouvais, quand j'étais fort.

Un jour d'été j'en portais avec un short et une vieille dame avec une canne m'a apostrophé, T'as pas honte ? Elle en dit quoi ta mère, tu crois qu'elle est fière de toi ta mère ? J'ai vomi en rentrant au foyer. Avec Clément il n'y avait pas de jugement, je crois qu'il m'appréhendait comme j'étais entièrement. Il n'était pas du genre *masc for masc*, ces mecs bodybuildés sur Grindr qui disent d'emblée Pas de tafiole pas de mec *fem* si t'es efféminé tu passes ton tour moi je cherche un mec un vrai avec des muscles et une voix de mec. Au sein de la communauté gay les rejets sont les mêmes qu'en dehors, les trop gros trop vieux sont écartés. Les Arabes c'est différent, y a le fantasme de se faire défoncer par un rebeu dans la cave d'un HLM. Les Noirs ont toujours droit à la question sur leur bite, Alors toi aussi elle est grosse ta bite ? non parce que je suis curieux un pote m'a dit que, moi j'ai jamais essayé. Les Asiat' ont le même topo mais à l'inverse. Les clichés sont identiques, les a priori aussi et il est difficile de ne pas vivre au travers de la discrimination, vivre par elle, se définir à cause d'elle ou grâce à elle. Toujours est-il – je digresse encore – que Clément ça il s'en foutait, je lui racontais qu'avant je me baladais dans les rues et y avait des regards et quand je mettais du vernis c'était encore autre chose. Quand j'allais dans ma famille je n'en mettais pas, j'étais pas kamikaze. Je me souviens d'un jour dans un jardin je ne sais plus chez qui une amie de ma tante je crois bref un jour de juin on était réunis en demi-cercle autour d'un barbecue, on m'avait demandé si j'avais une *blonde*, ça se voulait drôle d'employer le mot québécois. J'avais dit *presque*, j'ai presque une blonde et y avait eu un blanc. Un vieux avait bondi, Ça alors ! ça veut dire que t'as presque une nana, c'est ça ? c'est en train de se faire ? raconte ! on la connaît ? J'avais répondu que non, que j'avais un blond, et les gens avaient mis un moment à comprendre.

Clément me manquait. Je voulais l'embrasser le toucher lui dire que rien n'était grave. Je voulais savoir dans quelle chambre ils l'avaient mis, j'attendais d'en savoir plus auprès d'une ASH, une assistante de soins hospitaliers. Un jour, dans un film, j'avais entendu parler des « nuits noires » de l'Occupation. Pourquoi ne parle-t-on jamais des nuits noires de l'hôpital psychiatrique ? On oublie les cinquante mille aliénés morts de faim dans ces asiles durant la Seconde Guerre. L'extermination douce, on a appelé ça comme ça, a eu raison de Séraphine de Senlis et de ses crises mystiques ou de Camille Claudel. À cette époque, on ne s'embarrassait pas trop, on préférait regarder le teint ou le crâne des patientes que les écouter. On organisait des bals à la Pitié-Salpêtrière pour que les bourgeois s'encanaillent, frémissent devant les bêtes. Ma mère m'avait confié qu'un de ses ex (qui n'a pas duré) le lui avait jeté à la figure ça un jour qu'elle était hystérique, ils s'engueulaient et il l'avait insultée, T'es hystérique de toute façon ! elle lui avait répondu qu'il ne savait rien d'elle, qu'il ne savait pas ce que ça faisait de porter toute la colère en soi.

On a dit que la vie n'est qu'une goutte qui glisse le long d'une vitre, rien de plus vrai derrière les fenêtres de ces lieux : les dingues ne font pas plus de traces ni de bruits qu'une goutte d'eau le long d'une vitre, ceux qui tentent d'en faire sont bâillonnés. Quelle empreinte laisseront ces pauvres gars ? Nombre d'entre eux n'ont personne. Des gens si fous qu'ils n'ont plus rien alors leur rendre leur liberté pour quoi faire pour qu'ils s'en aillent dormir et mourir sous un pont au bout de trois jours ? Je dis Oui bien sûr que oui. Dans la chambre d'à côté y avait un type, Denis, 54 ans, interné depuis qu'il en a 19, et je me demandais souvent si Denis avait vraiment un intérêt à continuer. J'avais entendu dire qu'il était atteint d'une psychose infantile, il avait toujours été taré, un QI d'enfant comme ses frères, son père avant lui. Rien à faire. C'était un truc génétique, une atteinte du cerveau il avait le cerveau pourri, fini à la pisse comme on disait quand j'étais petit. Dans un monde meilleur il ne serait pas là. En plus, l'attitude des soignants variait selon leur humeur. Denis quand ils n'étaient pas contents de lui ils l'appelaient par son nom de famille, parce que Denis parfois faisait des conneries. À la cantine il balançait son assiette. Rien de grave, il ne la jetait sur personne mais ça l'amusait je crois c'était sa façon à lui de dévier un peu de la ligne droite de la goutte d'eau sur la vitre. On le grondait alors et couic, un tour de vis, quelques heures à l'isolement pour que Denis retienne la leçon. Méchant Denis. Ce principe de la chambre d'isolement c'est un truc de schizophrène : à l'extérieur, quand on est fou, pénalement on n'est pas jugé responsable de ses actes, mais chez les fous quand on fait une connerie on est puni. Vous voyez la logique ? Non, mais peut-être justement que la logique est là, faire des trucs de dingue pour rester cohérent.

Je jouais souvent avec Estelle, une fille qui habitait près de chez ma mère, on s'entendait bien, enfants on jouait au docteur, Kilian elle et moi, on se reniflait le cul pour voir ce que ça sentait, on se touchait la bite pour voir si l'autre était comme nous, on ne devrait jamais laisser des enfants seuls entre eux j'ai toujours pensé c'est beaucoup trop risqué, les adultes fermaient un peu les yeux mais se doutaient de quelque chose, ma mère m'avait surpris un jour avec Kilian, elle m'avait dit Je t'ai vu remonter ton pantalon, tu as besoin d'une ceinture ? et je savais ce que ça signifiait, qu'elle nous avait vus Kilian et moi mais ne savait pas comment le dire, sans doute fallait-il laisser les trucs se faire c'est normal chez l'enfant la découverte du corps et tout ça mais en même temps elle ne devait pas être à l'aise et je comprends moi-même si je voyais mon gamin se faire tripoter par un autre je ne sais pas trop comment je me sentirais. Avec Estelle on se déguisait aussi, elle avait plein de déguisements chez elle je me souviens surtout de celui de Blanche-Neige que j'adorais, la jupe n'était pas jaune mais dorée, le haut bleu avait des épaules bouffantes comme dans le dessin animé et un grand col blanc, une robe de princesse, elle en avait d'autres type Cendrillon mais celle de Blanche-Neige était celle que je préférais, je la lui demandais, je rentrais chez moi avec le soir et ma mère ne me disait rien du moins je n'en ai pas le souvenir, la mère d'Estelle non plus parce que c'était un déguisement, c'est fréquent dans les carnavals les mecs qui se travestissent avec des robes et des jupes ou des gros seins. Je me sentais à ma place dans ce personnage - pas Blanche-Neige, c'était plutôt comme si j'avais essayé les habits d'Estelle, comme si Estelle avait porté des robes exubérantes qu'elle me prêtait, une sorte d'habit un peu voyant mais pas un déguisement, ça n'était pas un jeu. Pour aller avec j'essayais les talons rouges de ma mère, les chaussures qu'elle ne portait jamais parce qu'elle se trouvait ridicule déguisée en dadame, ma mère mettait des converses ou des pompes de ce genre. Plus tard ma mère m'a raconté que j'étais content d'aller en petite section de maternelle parce que la maîtresse avait des chaussures à talons et des robes léopard. C'est clair que sur le léopard je n'ai pas lésiné, dès que j'ai commencé Raffaella ç'a été ça, j'ai même volé un slip léopard un jour dans un magasin, c'est quand même vachement beau, y a pas longtemps le motif était revenu à la mode même certains mecs s'y mettaient et puis c'est retombé. J'avais vu je ne sais plus où toute une parure de lit léopard, c'était le rêve je la voulais. Évidemment que c'est censé être vulgaire et associé aux putes, je sais pas pourquoi mais je vois pas de mal à ce que ça le soit.

J'ai appris son départ comme on verse de l'eau froide dans un bain tiède, ça fait quelque chose mais à peine une petite sensation, la peau est habituée. Je savais que ça allait se passer comme ça, je ne le voyais pas porté sur les effusions, je ne pensais pas en revanche que sa sortie se ferait de sitôt. Je voyais l'anorexique un peu comme le mélancolique, un feu qui nécessite du temps pour s'éteindre, je croyais qu'on allait encore se voir se parler se connaître davantage et se déplaire s'éloigner ensemble dans le meilleur des cas. Comme toujours y a pire que soi : l'autre jour j'ai entendu deux infirmières parler d'un livre qu'elles avaient lu, elles se rendaient compte qu'elles l'avaient lu toutes les deux alors elles étaient contentes de pouvoir en parler ça faisait respirer, le livre raconte l'histoire vraie d'un marathonien qui n'en pouvait plus de ses deux jambes. Pendant des mois le type a demandé à des chirurgiens de l'amputer et tous, encore heureux, l'ont envoyé bouler. Le gars s'est retrouvé en psychiatrie décidé à se faire soigner mais rien n'y a fait : après les antidépresseurs les thymorégulateurs les ECT et les bains glacés le malheureux s'est enfui, a trouvé une clinique au Mexique qui a bien voulu lui enlever les deux membres inférieurs contre soixante mille dollars. Le livre dit qu'il est heureux et marié depuis. C'est dément mais c'est comme ceux qui entendent des voix, on dit que s'ils ne les entendaient plus ils pourraient se buter de solitude pour certains alors mieux vaut vivre avec, ne pas tenter de les ramener à la réalité.

Clément parti j'en ai conclu que la vie était faite pour être traversée seul. Après tout pourquoi pas, ça ne m'atteignait pas tant que ça, je n'y voyais que le signe d'une cohérence : on ne peut s'appuyer que sur soi. Je ne pouvais de toute façon en parler à personne, notre relation si tant est qu'on puisse l'appeler comme ça n'était sue ni des malades ni des soignants. J'avais compris à mon tour qu'après avoir connu l'amour d'une mère on ne peut qu'être déçu.

La deuxième fois qu'ils m'ont fait un ECT j'ai eu une révélation. Une sensation christique une plénitude, j'ai compris à ce moment pourquoi ils s'obstinaient et j'étais content, c'était doux, mon cerveau se remettait à l'endroit ou dans le bon sens. D'habitude la mémoire immédiate comme ancienne s'évapore mais sur le coup ça m'a fait l'effet inverse, je me suis souvenu d'un soir précisément, je retrouvais une clef perdue. J'avais six ou sept ans, j'étais assis en haut de l'escalier ou plutôt à mi-hauteur, c'était là que parfois je réussissais sans faire de bruit à m'installer pour écouter la télé en bas, dans le salon que je ne voyais pas, c'était mon défi, descendre les marches qui menaient jusqu'à mi-hauteur de l'escalier sans le faire craquer donc sans me faire remarquer, m'asseoir là pour rester avec ma mère sans qu'elle le sache. C'était garder ma mère encore, retarder le réveil et l'école. Ce soir-là la discussion était plus forte que la télé, ma mère et son mec d'alors ne criaient pas mais s'engueulaient en chuchotant ils le faisaient ça parfois mais ça ne changeait rien pour moi je comprenais la colère ou la rancœur dans les murmures dont je ne percevais pas le sens bref ils murmuraient et puis c'est devenu sans doute trop fatigant alors ils ont haussé la voix, trop fatigant ou bien ils avaient oublié que je pouvais entendre ou ils s'étaient dit tant pis, c'est ma mère surtout qui haussait la voix et parlait de son père elle pleurait et se demandait si elle pourrait vivre encore longtemps avec son souvenir.

Elle parlait du sexe de son père dans sa bouche, des doigts de son père dans son sexe à elle, je sentis mon cœur exploser et des larmes froides couler sur mon front, ma mère continuait à se demander comment elle pourrait encore vivre avec ça alors que lui vivait sans problème, que c'était prescrit elle le savait et elle s'en voulait, J'aurais dû porter plainte bon dieu pourquoi je n'ai rien dit rien fait, Mais c'est fréquent chérie, je sais que tu sais mais ne t'en veux pas c'est pas de ta faute, je ne sais plus exactement ce que disait le mec ni même lequel c'était mais c'était ce genre-là il voulait la rassurer l'apaiser. Mais tu comprends pas toi tu ne peux pas me dire ça elle l'engueulait, y a que quand on l'a vécu qu'on peut comprendre ça ! c'est pire que de mourir d'avoir vécu ça je préférerais mourir ! j'ai cru à ces mots que j'allais vomir, j'avais du vomi dans ma bouche dans la gorge plutôt au fond un relent que j'ai avalé j'étais tétanisé je respirais plus. Tu ne sais pas ce que ça veut dire elle reprenait et je me disais qu'elle allait peut-être vraiment mourir ma mère, qu'au vu de ce qu'elle disait c'était possible, je comprenais aussi qu'il allait sans doute partir lui aussi ce type dont j'ai oublié le prénom comme les autres avant lui qui n'ont pas supporté et je les comprends, Tu ne sais pas tu ne peux pas comprendre c'est invivable j'en peux plus non me touche pas laisse-moi ! Je me souviens du poignard dans mon ventre du silence aussi de l'air mort je comprenais sans le vouloir, c'est donc ça son père mon grand-père fantôme je voulais l'aider la supplier de ne pas crier l'embrasser lui dire lui faire entendre que je l'aimerais toujours que mon amour pour elle serait mon seul amour le plus grand de ma vie que je ferais tout alors pour l'empêcher d'être de nouveau maltraitée, que je la vengerais d'une façon ou d'une autre. J'ai souvent eu du mal à admettre qu'elle puisse ne pas me comprendre, je n'admettais pas tant il était clair pour moi qu'elle le devait, me comprendre, comprendre même sans paroles, qu'elle le devait absolument tant je l'aimais, tant mon cœur ne répondait qu'au sien, je savais que ce n'était pas comme cela qu'on grandissait mais souvent je me persuadais que j'accomplirais toujours tout pour elle jamais rien en dehors d'elle, que je devais tout mettre en œuvre pour qu'elle approuve, qu'elle m'aime et soit fière de moi, un truc banal somme toute mais décuplé je crois. Elle m'avait dit un jour qu'il ne fallait pas que je l'imite, c'était quand elle avait crié en renversant de l'eau bouillante dans la cuisine, elle ne s'était pas fait mal mais elle avait eu peur alors j'avais crié pareil et elle avait compris que son gosse reproduisait tous ses gestes, elle n'avait pas aimé, en plus c'était un cri strident elle criait stridemment ça faisait *La Cage aux folles* lorsque Serrault brise sa biscotte. Quand on fait des gosses on se dit qu'ils seront une version améliorée de nous-mêmes, on ne prévoit pas qu'ils puissent être moins bien et pourtant ça arrive. Sur les marches de l'escalier j'ai fini par éclater en sanglots. Ma mère n'a pas bougé pendant un moment qui m'a paru interminable, elle a dû se dire Merde j'ai franchi la ligne rouge j'ai dit des choses qu'il n'aurait jamais dû entendre, comme si elle avait honte d'elle-même, de me faire face. Je voulais lui dire que ce n'était pas grave que j'étais là qu'on était deux mais c'était trop dur, je n'en avais pas la force et elle non plus, elle est montée sans dire un mot, m'a raccompagné dans mon lit, caressé les tempes jusqu'à ce que je m'endorme.

Dans l'enfance l'ennui rampait partout, le dimanche comme le lundi, dans la peine comme dans la gaieté jamais franche qui surveillait son ombre. Je me suis demandé d'où venait cette affliction hors de mon goût peu prononcé pour la vie - parce que je pense que plus on aime la vie moins on s'ennuie, mais peut-être que je me trompe. Parfois je me disais aussi que j'étais plus intelligent que les autres, comme les gosses surdoués en classe, et puis aussitôt je redescendais et me disais que ça n'avait rien à voir, qu'on peut sûrement être abruti et se faire chier aussi. L'ennui s'accompagnait du peu d'attrait que j'avais pour écouter les autres. On sait ce que va dire quelqu'un avec qui l'on discute pour la première fois, les petites conversations sans intérêt, on sait où il va et on va dans la même direction et on s'emmerde avant de prononcer les mots que l'on ne veut pas prononcer et que l'on formule par convenance par habitude par lassitude. On participe malgré soi à un jeu que l'on n'aime pas.

En parlant de jeu je me souviens d'un jour d'été (j'ai le besoin de retrouver des souvenirs, m'assurer que ma mémoire fonctionne encore), je devais avoir douze ou treize ans, le jeu consistait à trouver chacun son tour un mot autour d'un thème (un après-midi bien déglingué, je me demande quel âge on avait pour être si vieux... étais-je aussi chiant qu'eux ?). Quelqu'un avait lancé le thème « pédé ». Je me rappelle les réponses : « folle », « tarlouze », « chou-fleur », « pousse-crotte ». Moi j'avais dit « Marais » et ç'avait fait rire tout le monde, Eh tu t'y connais on dirait ! J'y pense parce que c'est peut-être le fait d'être gay au fond qui fait que l'on s'emmerde. Au-delà du fait que le mot *gay* soit inapproprié – les homos sont dépressifs, n'importe qui le serait à moins avec tout ce qu'on se prend dans la gueule, les moins chanceux deviennent alcooliques ou tombent dans le chemsex mais c'est une autre histoire –, comment ne pas rejeter un monde qui n'est pas le nôtre ? en vouloir à la Terre entière à commencer par ses parents, se sentir inadapté, à côté de la plaque, un peu là surtout ailleurs. Les enfants hétéros sont attendus, le monde les attend : on espère rencontrer la première copine du petit garçon, on veut qu'il en ait une dès la maternelle d'ailleurs, vous avez remarqué le nombre de parents qui demandent à leur fils de trois ans Alors Malo, comment elle s'appelle ta copine ? Alors Benjamin, c'est qui ta chérie à l'école, c'est Chloé ou Mélanie ? On apprend aux enfants à tomber amoureux, on est impatient de les marier qu'ils en aient à leur tour, on espère laisser à travers eux une part de nous-mêmes. Face à cela, le lot commun des homos est de se réinventer. On essaye de se rassurer dans la marge à laquelle on appartient quand on comprend qu'on n'aura jamais la même vie qu'eux, nos parents, ou peut-être un truc qui y ressemble mais jamais vraiment, c'est une connerie de croire le contraire, on se dit qu'au moins on n'est pas comme tout le monde, qu'on a le mérite de chercher un autre chemin, que le moment venu on leur crachera à la raie. Tout cela étant, l'ennui n'est pas bien grave, c'est même « un des maux les moins graves qu'on ait à supporter » – c'est écrit dans *Sodome et Gomorrhe*, mais Proust écrit parfois n'importe quoi.

Ma mère est venue me voir quelques jours après le départ de Clément. Elle parlait difficilement, je sentais que quelque chose gênait sa mâchoire elle avait dû avaler un anxiolytique avant de venir, on pouvait la comprendre. Elle s'est assise devant moi à l'une des tables où l'on avait le droit de se poser quand on nous rendait visite, je dis nous mais ça ne m'arrivait jamais, ni à moi ni à beaucoup. Ma mère s'est installée et sur le coup je n'ai rien ressenti, ça faisait très longtemps qu'on ne s'était pas vus et pourtant on n'aurait pas cru - une chienne reconnaît de loin l'odeur de ses petits, l'inverse est vrai aussi. Longtemps, ma mère m'a manqué. Pas tant quand on a été séparés, mais du temps où l'on vivait encore ensemble. L'amour que je ressentais pour elle était si grand qu'elle me manquait même quand j'étais à ses côtés. Un sentiment si imposant que je n'arrivais pas à le faire sortir, il restait coincé, incapable de franchir le seuil de ma bouche. Paralysé, les larmes me montaient aux yeux, elle ne le voyait pas ou quand elle le voyait elle me lançait Qu'est-ce qu'il y a encore et je ne savais pas quoi répondre, je ne pouvais pas avouer que je l'aimais trop. Elle commença par me dire qu'elle était déjà venue à l'hôpital me rendre visite une fois, enfin elle avait tenté mais soi-disant elle était mal tombée, soi-disant je déambulais énervé dans la cour. Tu remontais tes chaussettes elle continuait, tu les remontais sans cesse tu te baissais tu les remontais comme si elles glissaient toujours, toutes les trois ou quatre secondes tu le faisais et tu gueulais Merde fait chier ! Merde fait chier, de temps en temps tu te retournais et regardais là où tu avais porté tes pas comme si quelque chose ou quelqu'un te suivait. Aucun souvenir de ça, elle est devenue complètement barge ou elle me fait marcher je pensai, mais alors pourquoi elle me dit ça c'est pas sympa, elle veut me faire croire que je suis fou, finalement au bon endroit ? elle voulait se persuader sans doute que c'était bon pour moi de rester ici puisqu'elle ne pouvait plus me reprendre de toute façon, elle n'en avait plus le droit. Et puis elle n'avait pas supporté le reste non plus elle dit, l'odeur de la crasse de la pisse de la merde la même effluve de couche que chez les vieux, des excréments mêlés au détergent, le sol collant mal rincé, les bruits des aliénés qui beuglent toussent pleurent ou fulminent, les bruits des clefs dans les serrures et des roues des charriots de Divalproate de sodium Valpromide Olanzapine Rispéridone Aripiprazole Heptamyl Tercian ou Parkinane. Ma mère me dit qu'elle louait une petite maison à un kilomètre et demi de la plage où elle allait à pied, une petite maison qui appartenait à une Bigoudène avant elle, l'une des dernières à porter encore la coiffe. Dans la cuisine elle avait gardé une photo où la vieille posait aux côtés d'une autre du coin, une autre vieille à coiffe avec qui elle avait joué dans la pub du couscous Tipiak (« Pirates ! »). Pas pratique elle disait, ça ne devait pas être pratique pour elle, tu verrais l'étage de la baraque ! tout petit ! tellement mansardé qu'il faut se baisser, elle devait être toute petite la vieille elle disait, et même petite elle devait sans doute se pencher. Ma mère soutenait que je pourrais lui rendre visite quand je voudrais, que ce n'était pas interdit ça de lui rendre visite comme à une vieille personne de la famille, une grand-tante ou une cousine que l'on connaît vaguement et que l'on passe saluer pour se donner bonne conscience, un truc un peu catho Bon allez j'y vais ça lui fera plaisir, ça ne fait jamais plaisir et sans doute qu'aux vieux non plus les vieux sont fatigués, vous croyez vraiment qu'ils sont contents de déblatérer les mêmes histoires à des jeunes qui n'en ont rien à secouer ? Elle ne m'a pas parlé de mon père, je n'ai pas posé de question. Elle parlait de la chatte devenue aveugle, elle racontait ses rosiers et son petit banc qu'elle avait repeint, elle ne me regardait pas dans les yeux. J'ai hésité à lui dire pour Clément, lui dire que quand même il y avait eu du bonheur ici, que j'avais rencontré un garçon que j'aimais et qui m'aimait aussi je crois. Et puis rien que d'y penser j'ai eu la flemme, je me suis dit que d'en parler me ferait sans doute pleurer et je ne pouvais plus me le permettre.

Les cheveux bouclés de ma mère étaient gras, c'est seulement à ce moment-là que je m'en suis rendu compte ça m'a dégoûté. Les boucles qui reposaient sur ses épaules abritaient de minuscules rats, des queues de rats qui se cachaient, je lui ai dit Mais maman, tu as des rats dans les cheveux, plein de petits rats, elle a reculé d'un coup elle n'a pas aimé elle s'est levée m'a regardé d'en haut sans un mot avant de tourner les talons, Maman attends ! Les rats dansaient sur son crâne, m'insultaient en riant tandis qu'elle s'éloignait.

Je ne recevais plus de courrier depuis que j'avais quitté le foyer. À cette époque mon père m'écrivait encore parfois, seulement lui, au fur et à mesure de ses lettres il employait un ton de plus en plus insistant, Tu t'en mordras les doigts un jour, la famille c'est tout ce qu'il reste à la fin parce qu'à la fin on n'a plus le choix. J'étais heureux que mon père revienne vers moi, il ne m'avait jamais vraiment quitté je me disais, il est toujours là et dans le fond je le savais : il s'énervait parce qu'il m'aimait. Il m'aimait et moi j'étais trop fier peut-être, de toute façon je me disais que c'était trop tard, que je ne pouvais plus l'avouer.

Cette fois la lettre était signée A., elle était courte, ses lignes ne noircissaient pas tout le recto. A. commençait par me dire qu'elle s'adressait à moi parce que Clément le lui avait demandé, que c'était de moi dont il parlait avec le moins de peine quand il se rappelait l'hôpital. Il lui avait dit qu'il y avait fait la rencontre d'un copain, d'un *pote* sans doute je pensai et ça me fit presque rigoler. Elle écrivait pour m'informer que son frère avait décidé d'arrêter définitivement de se nourrir, que ses parents avaient pris la décision de ne pas lutter, ils ne voulaient plus que leur fils retourne à l'HP, ça ne servirait à rien, ils préféraient qu'il reste auprès d'eux dans sa chambre, qu'il fallait être calme pour lui, l'entourer en silence. Clément souriait désormais écrivait sa sœur, il souriait de ses lèvres bleuies. Dis à Guillaume que je vais bien que je suis mieux, j'ai trop violé mon corps, si la vie n'est pas un fleuve elle est devenue torrent qui me charrie dans son lit bourbeux où je m'endors.

Je n'avais jamais réussi à me tenir à distance des garçons que je rencontrais. Je devais, à la seconde où je les embrassais, me perdre en eux. Comme je l'avais fait avec ma mère, j'avais passé mon temps avec Clément à manœuvrer un amour débordant : je ne percevais que le manque de son odeur et de sa peau près de moi, de ses mains ses caresses ses baisers, je le sentais comme un chien en renifle un autre. Je me perdais dans le désir que je confondais avec la peur, je lui disais Je t'aime pour supplier ne me quitte pas ne m'oublie pas reste avec moi, aime-moi plus que ma mère m'a aimé. Sa mort, autant le dire tout de suite, était inconcevable. Je n'ai pas vraiment lu les mots de sa sœur, enfin je veux dire que je ne les ai pas acceptés, j'avais du mal à les intégrer. Sa fin n'était pas seulement prématurée, l'annonce même de cette fin l'était, abrupte, expédiée. Clément avait quitté l'hôpital il y a peu de temps, ce n'était pas pour se laisser aller, je ne comprenais rien, pendant quelques secondes je me suis dit que c'était de ma faute parce que je lui manquais trop et ça m'a plu, Il veut mourir parce qu'il ne peut pas vivre sans moi je me suis dit et j'ai souri et puis je me suis repris, non mais n'importe quoi, j'étais égocentrique, gonflé d'orgueil, à deux doigts de me convaincre qu'on pouvait m'aimer jusqu'à en mourir. Je ne pouvais pas rester là à rien foutre en lisant ce mot. Il fallait que je me bouge, que je me casse une putain de bonne fois pour toutes, que j'aille chez lui le secouer, peut-être qu'à mes côtés il se reprendrait. Il fallait que je puisse m'asseoir sur son lit, l'aider à manger. Qui sait, Clément reprendrait quelques poils de la bête et on s'enfuirait encore.

J'avais balancé le courrier de mon père dans un grand sac que j'avais rempli de mes affaires, des livres, un marque-page en bois que m'avait donné mon grand-père, une tasse. J'avais laissé des trucs sans valeur histoire de maintenir l'illusion au cas où, on ne sait jamais, la savonnette sur le lavabo, un vieux t-shirt sur le dossier de la chaise, le lit fait comme tous les jours. Je n'ai calculé personne en courant vers la sortie mais j'aurais dû, cette fois on m'a rattrapé presque tout de suite. Ils étaient deux, Fabien et un autre, un étudiant infirmier, on aurait dit qu'ils l'avaient senti, anticipé, qu'ils avaient prévu que je m'enfuie. On se trouvait à quelques mètres de la grille quand je les ai frappés. Le sang a coulé du nez du jeune, j'étais pas peu fier, mon coup de poing avait de l'allure, mes forces étaient presque revenues sans l'assommoir des psychotropes. Fabien que j'aimais bien se jeta sur moi, je me baissai vite avant de lui cogner la nuque. Je restai con devant son corps à terre, étale et sourd.

On dit qu'il faut se méfier de l'eau qui dort, sans doute n'avaient-ils pas imaginé à Gourmelen que j'en arrive à cela, la violence physique, rage qui soulage. Depuis quelques jours je n'avalais plus mes médicaments, je les planquais dans la housse de l'oreiller, ils m'accordaient leur confiance si bien qu'ils ne se sont doutés de rien, jamais je n'avais rechigné à les prendre jusque-là mes pilules, au début on surveille le malade puis on ne prend plus cette peine quand il abdique. Devant le corps immobile de Fabien j'ai pensé à ce que j'avais l'habitude d'imaginer quand enfant j'étais malade : un champ de coquelicots. Un grand pré en pente ensoleillé comme sur le tableau de Monet si connu qu'on ne sait plus à force si on l'aime ou si c'est seulement ce qu'on veut bien nous donner, ce à quoi on a bien voulu que la foule s'abandonne, une image d'Épinal inoffensive. Je me voyais à cheval, au galop, écrasant les fleurs innocentes des sabots de ma monture. Le jeune n'avait pas répliqué, j'ai pu me barrer sous ses yeux il n'a pas cherché à me retenir ; je croyais pourtant qu'avec lui ç'aurait été plus compliqué, on aurait dit qu'il avait la flemme ou peut-être qu'il était trop inquiet de l'état de son collègue pour ne pas s'en occuper tout de suite. En courant, je me suis retourné une fois et je l'ai vu accroupi, au loin, giflant l'autre pour essayer de le réveiller.

Le monde extérieur était plus accessible qu'on ne le pensait. Cette fois encore j'avais réussi à me casser sans trop de difficultés, j'étais assis dans un bus quelques secondes seulement après les coups. J'ai eu du bol, le bus est arrivé au moment où je passai les grilles de l'hôpital, ça n'a pas été bien sorcier. Est-ce qu'ils ont appelé la police ? déposé une plainte ? la police de Quimper s'est-elle lancée à la recherche d'un fugitif dangereux, malade échappé de l'asile ? Un garçon-fille en fuite, un garçon manqué on disait quand j'étais petit et je ne comprenais pas pourquoi on disait garçon manqué je l'avais demandé ça à ma mère une fois Pourquoi on ne dit pas une fille manquée ? ce ne serait pas plus logique de dire une fille manquée puisque justement ce n'est pas une fille ? le garçon n'est pas manqué puisque c'est un garçon alors qu'il aurait plutôt fallu peut-être qu'il soit une fille, c'est la fille qui est manquée. Bref, c'est pas à ça que je pensais à ce moment-là, je pensais à ma stratégie pour trouver la maison de Clément. Je savais qu'il vivait au nord de la ville, près du Fly et du Leclerc, la ligne 2 allait par là. L'endroit était vaste, une sorte de campagne dans la ville, pas très loin du centre mais impossible d'y aller à pied c'était quand même trop loin, sur la route qui menait à Brest. Il y avait là un long chemin bordé de bouleaux qui rappelait ceux qu'on voyait dans les films, des grandes lignes droites aux arbres meurtriers et je pensais à Camus, à la mort de Camus, la voiture lancée contre un platane alors qu'il rentrait de vacances et regagnait Paris, l'embardée de Michel Gallimard qui conduisait, la photo d'eux quelques heures plus tôt heureux à table sous le soleil de Provence. Je savais que Clément habitait ce quartier-là mais pas dans quelle maison. J'ai commencé à marcher une fois le bus arrêté au bout du chemin, il était midi j'avais le temps avant la nuit, Tant pis je me suis dit, tant pis je vais toutes les scruter je verrai bien les noms sur les boîtes aux lettres, on respire je ne suis pas pressé, s'il n'y en a pas de nom je sonnerai je demanderai si quelqu'un connaît un Clément je demanderai même s'il y a un nom d'ailleurs on pourrait peut-être m'indiquer la maison mais putain j'ai réalisé d'un coup, son nom c'est quoi son nom je ne connais pas son blase c'est quoi son nom de famille ?! est-ce qu'il me l'a dit ? non bordel mais non j'en ai aucune idée de son putain de nom je suis mort je suis dingue ou quoi façon de parler enfin non peut-être pas une façon de parler justement peut-être qu'ils ont raison pourquoi est-ce que je fais ça je m'obstine à chercher quelqu'un qui ne m'a rien demandé dont je ne connais même pas le nom et puis pourquoi je le fais maintenant d'accord peut-être qu'il va mourir mais pourquoi pas plus tôt pourquoi je ne me suis pas enfui plus tôt, c'est ma culpabilité qui parle ou mon soi-disant amour ? Non c'est pas le moment je me suis repris, pas le moment pour ces questions j'ai plus le choix je continue. Une première baraque, je sonne, pas de Clément, Clément non je connais pas, Maryse ! y a quelqu'un à la porte ! un petit gars qui demande un Clément tu connais toi un Clément dans le quartier ? il lui demanda moins fort, C'est pas le fils des Priou ? Mais non pas du tout c'est Bastien ça Patrick, non désolée jeune homme on ne connaît pas de Clément, désolée elle dit avant de fermer la porte. Je n'écris pas de me la fermer au nez mais pas loin, je me sentais comme un témoin de Jéhovah ou un vendeur de surgelés. Deuxième maison, pas de nom, je sonne de toute façon, un volet sur deux fermés, des gens qui veulent faire croire qu'ils sont là alors qu'ils sont partis en vacances, je vois bien l'idée, On va fermer parce que quand même pour le soleil tout ça et puis la nuit c'est mieux la Lune parfois ça rend le papier peint bleu mais on ne va pas tout fermer non plus sinon on va nous cambrioler puisqu'on saura qu'on est partis, les gens ont tous les mêmes réactions, tout le monde fait les mêmes choses tout le temps aux mêmes moments, vit pareil, mange pareil, quand j'étais petit je me disais Mais attendez, pourquoi on a tous les mêmes pièces chez soi, pourquoi on a tous un salon une cuisine une salle de bains pourquoi les pièces ne pourraient pas être différentes pourquoi une télé un canapé pourquoi pas de frigo dans la chambre de table dans la salle de bains pourquoi pas de lit dans la cuisine ? Bon donc j'ai repris ma route, il n'y avait pas grand monde, quelques voitures que j'entendais au loin sans trop savoir où, les maisons étaient espacées c'était un vieux quartier, pas de ceux que l'on construit maintenant avec des petits terrains tout serrés parce qu'on n'a plus de place ni d'argent, c'était un lieu qui avait de l'ambition, on voulait de beaux jardins pour la classe moyenne légèrement plus, je ne sais pas ce que faisaient les parents de Clément je savais juste que c'étaient des gens bien c'est lui qui le disait, des gens qui voulaient l'aider, je ne savais rien d'autre que cela et ce que je ressentais pour lui, est-ce que je l'aimais pour ce qu'il était ou pour ce que je projetais en nous ? je me remis à brasser de l'air, mon cerveau en toupie.

À ce moment-là j'ai vu quelqu'un sortir son vélo d'un garage, j'ai marché plus vite je voulais lui parler, ça me faisait moins chier que de continuer à sonner chez les gens, c'était une fille, plus je m'approchais plus je captais qu'elle devait avoir mon âge ou à peu près, elle était jeune, Je suis sauvé je me suis dit, elle doit le connaître, on connaît les jeunes de son quartier quand on est jeune, peut-être que Clément est son Kilian à elle, le Kilian de mon enfance avec qui je faisais du vélo autour du haricot, c'est comme ça qu'on appelait le rond-point planté au centre du lotissement, le haricot. Je me suis approché et tout de suite j'ai su. J'ai compris comme quand le hasard nous place à l'autre bout du monde face à un visage familier : c'était A. Je ne pensais pas vraiment retrouver Clément je crois ou du moins pas si rapidement mais j'ai cessé de douter dès qu'elle est apparue tant elle lui ressemblait. Elle n'a pas eu l'air vraiment surprise de me voir mais un peu secouée quand même parce que j'étais donc là, là vraiment, là pour son frère, elle devait se dire que tout cela était donc vrai, que l'on pouvait vraiment s'échapper d'un HP, qu'il y aurait l'émotion à venir encore, pour Clément et leurs parents et la suite et quelle suite, c'était un tout triste et beau, beau et triste plutôt. Elle ne sut pas quoi faire de moi immédiatement, reposa son vélo, au début j'ai cru qu'elle allait me virer ou m'engueuler et puis elle a souri timidement quand je lui ai dit Salut je suis Guillaume, elle a baissé sa garde, sembla dès lors aussi troublée que soulagée, soulagée peut-être que son frère me revoie, soulagée peut-être pour moi, peut-être qu'elle se disait qu'il était fort cet amour-là, qu'elle trouvait cela romantique, que le geste était grand, ou peut-être que je me trompe et qu'elle trouvait cela tragique. A. commença par me dire que ses parents étaient là, Clément aussi comme toujours dans sa chambre mais ses parents étaient là, il allait donc falloir composer avec ça, se présenter à ses parents et ça n'allait pas être simple, peut-être qu'eux ne voudraient pas que je voie Clément, ils n'étaient pas au courant de la lettre, pas au courant pour moi. Ses parents ne savaient pas que Clément aimait un garçon. On s'est approchés de la porte elle a sonné et la mère a ouvert, Ben Agathe je croyais que t'étais partie, Bonjour madame j'ai dit sans attendre, Maman je te présente Guillaume elle m'a coupé, un ami de Clément. Leur mère fronça un sourcil, prit un air méfiant, C'est qui ce type elle devait se dire, qu'est-ce qu'il nous veut il ne sait pas que Clément ne va pas bien ah si justement ça doit être pour ça qu'il est là mais comment et où est-ce qu'il a connu Clément oh non ne me dites pas que c'est un gamin de l'HP mais ça voudrait dire qu'il s'est échappé oh non c'est pas vrai ça doit être celui avec qui Clément a fait sa connerie qu'il s'est tiré le jour où on nous a appelés, je me disais qu'elle devait penser tout ça en même temps et que ça devait s'entrechoquer. Oui bonjour jeune homme, je peux vous aider ? Oui bonjour je suis Guillaume un ami de Clément et je voulais savoir s'il était possible de le voir, Ah désolé vous savez Clément est très fatigué il est dans sa chambre vraiment très

très fatigué il ne va même pas bien du tout à vrai dire et d'un coup sa voix s'est cassée, on sentait les larmes tapies prêtes à couler et j'ai eu peur. Je me suis dit Merde tout ça pour rien je sens qu'elle va m'empêcher de monter, heureusement que je n'avais pas de fringues de meuf, j'avais pas l'air frais ce jour-là mais plutôt masculin en tout cas pas suspect. Elle n'avait pas l'intention de me faire entrer mais c'est là qu'Agathe est intervenue de nouveau Oui oui maman il sait mais c'est pour ça qu'il est là et je crois qu'il faudrait que Clément le voie, elle avait l'assurance de l'autorité, ça ne ferait pas de mal à Clément de voir un ami, Oui mais Agathe son ami en question n'est peut-être pas prêt à voir Clément comme ça, je sentais que ça allait monter, Et puis je ne sais pas si Clément a envie de vous voir moi elle ajouta, Mais si maman ça va ils sont proches t'inquiète, et Agathe me prit par le bras. J'ai eu le sentiment dans son sillon de franchir un mur dressé par leur mère, je me revois fermer les yeux une seconde ou deux de peur de m'en prendre une et non, on était passés, à peine on avait mis le pied dans la maison qu'on montait l'escalier. Il y avait sur la porte de la chambre de Clément une vieille pancarte qu'il avait dû accrocher quand il était gosse et que personne n'avait enlevée sur laquelle était écrit C'est ma chambre. On a frappé, il a répondu d'une voix forte qui m'a surpris, Oui ! Ça voulait dire Quoi encore, je suis sûr je le connaissais, ça voulait dire Qui vient encore m'emmerder, et on est entrés.

Agathe est restée, au début je voulais qu'elle me laisse seul avec Clément mais en fait je crois que sa présence me rassurait, je remettais à peine Clément, adossé à la tête de son lit, portable à la main. Il a halluciné direct, lâché le téléphone, je n'ai pas su déchiffrer ce que son regard voulait me dire, j'ai pensé que ça n'était pas bon signe mais son visage émacié brouillait les pistes. On voyait ses os bien plus qu'avant, ses cheveux en épis laissaient par endroits apercevoir son crâne rosé, la chambre sentait le renfermé et son odeur à lui mêlés. Ça faisait un paquet de mois qu'on ne s'était pas vus, une part de nous pensait qu'on ne se reverrait sans doute plus, moi je le pensais jusqu'à ce que je me réveille l'autre jour, lui je ne lui ai pas demandé, peut-être après tout que je ne lui avais pas manqué tant que ça. J'ai fait comme si j'étais adulte, je me suis lancé, Salut Clem surprise c'est moi tu t'attendais pas hein ahah ouais je me suis encore enfui t'as vu j'ai pas perdu la main ahah. Ils sont au courant que t'es là ? c'est la première chose qu'il a demandée, Non je te dis je me suis enfui encore, Oh putain merde il a dit, putain merde comme si c'était grave, je veux dire oui ça l'était mais ça ne l'était plus pour lui, il avait peur des conséquences comme s'il était encore à l'hôpital, peur des réprimandes qui ne le concernaient plus, il devait être dorloté toute la journée je me disais La chance, la chance de pouvoir être là dans son lit avec ses parents à côté à rien branler si ce n'est soi-même, qu'est-ce que j'aimerais ça moi pourquoi je ne suis pas anorexique plutôt, qu'est-ce que je suis moi d'ailleurs ? Et puis je me suis assis. Je me suis assis à côté de lui, à ce moment-là sa sœur a glissé Est-ce que tu voudrais boire ou manger quelque chose, Guillaume ? Ce que tu veux j'ai répondu, ça voulait dire Oui mais je m'en fous, ça voulait dire que je n'avais pas d'espace disponible pour penser cela répondre à cela, alors elle a dit Bon ok je reviens. Elle a refermé la porte derrière elle, il n'y avait plus que nous deux Clément et moi, nous comme avant mais dans une chambre qui n'avait rien à voir avec celles que je connaissais. Il y avait au mur des posters de motos, les motos qu'il aimait, placardés y a pas si longtemps, il finissait l'adolescence ou bien peut-être on pouvait dire qu'il était toujours dedans, une chambre de mec avec des pompes au pied du lit, une table de nuit en bordel, j'avais envie de savoir où étaient ses caleçons, ses sous-vêtements que j'imaginais sales, jetés en boule quelque part, ça m'excitait. Parfois quand on n'a pas vu quelqu'un depuis longtemps on a du mal à démarrer et c'est ce qui s'est passé je ne savais pas par où commencer et lui n'en avait visiblement pas l'intention, alors j'ai dit Comment ça va, comment tu vas, oui je sais le pire truc (un truc entre parenthèses à ne jamais dire à un psychotique, il le prendrait au pied de la lettre et ça pourrait déclencher des catastrophes), je savais que ça n'allait pas mais c'est une question qui se pose je me suis dit, j'essayais d'y mettre du cœur genre un air profond, un comment ça va qui voulait vraiment demander comment ça va. Il a répondu un truc vite fait qui signifiait question de merde, ne pose pas cette question de merde on vaut mieux que ça et puis tu sais, tu sais comment je vais. Je suis resté là au bord du lit à faire comme si ma présence ne dérangeait pas, comme s'il l'avait souhaitée, je ne voulais pas me dire que ça pouvait le gêner, et puis il m'a demandé comment j'avais fait comment j'avais pu encore m'échapper, Je pensais qu'ils feraient plus gaffe qu'avant il me dit, pourquoi ils n'ont pas fait gaffe, On dirait que tu leur en veux de ne pas m'avoir retenu je lui dis, j'ai fait ça pour toi je me suis échappé pour te retrouver. J'ai bien compris que tu l'as fait pour moi, je sais ce dont tu es capable. Toc toc c'est moi, sa sœur est entrée à ce moment-là. Là, je vous ai fait du thé et puis Guillaume on a de la brioche si tu veux. Il y avait à côté des tasses sur le plateau deux tranches de brioche coupées et déposées sur une assiette blanche au contour doré, c'était délicat, ça m'a ému de me dire qu'on pouvait m'apporter une assiette au contour doré à ce moment-là, ça me faisait penser à la vaisselle et à l'argenterie qu'il y avait chez mon père, des plats et des couverts hérités et entretenus, de ceux que l'on sortait le dimanche ou quand on recevait des invités et que l'on mettait sur une table blanche. J'ai sauté sur la brioche, J'imagine que t'en veux pas je dis à Clément et il a souri, Perspicace le gars il dit, on s'est marré, je pouffais un peu la bouche pleine et ça semblait lui plaire, il s'est détendu en me regardant manger, ses yeux se ravivaient, son sourire que je lui reconnaissais, Dis donc toi aussi tu t'es mis à rien bouffer ou quoi il me lança, Même pas je lui dis mais c'est toujours aussi dégueu toi-même tu sais, tu veux goûter ? elle est super bonne cette brioche, c'est trop la vie la brioche. Il s'est braqué, Ah mais t'es venu pour ça ? tu vas t'y mettre toi aussi ?

elle a rajouté ça dans la lettre, ma sœur, qu'il fallait venir pour me faire bouffer ? vous êtes tous contre moi en fait putain j'en reviens pas ! Non non du tout, j'ai vu le truc vriller, c'est pas ça je suis pas là pour ça Clément je suis là pour te voir simplement te voir je n'ai pas pensé à autre chose que ça je ne voulais que te voir – je n'ai pas dit une dernière fois parce que ça m'aurait fait chialer mais je le pensais fort – je voulais t'embrasser. Mais arrête de flipper toi aussi pourquoi vous flippez tous, c'était pas une lettre d'adieu enfin pas dans le sens je vais mourir. Pas une lettre d'adieu, non... Il a laissé un blanc, il me regardait dans les yeux. C'était pas une lettre d'adieu il a repris, mais c'était pour te dire que je ne retournerai pas à l'hôpital. Parce que mes parents ne veulent pas et puis moi je suis bien ici tu sais comme je ne bouge pas j'ai à peine besoin de bouffer et vu que je pèse trois plumes j'ai le droit de ne plus suivre les cours, on verra l'année prochaine a dit le bahut ahah ouais ouais ils ne savent pas que ça ne changera pas moi je ne veux plus sortir d'ici pas question de sortir de cette chambre, je n'y retournerai pas.

Le soleil baissait déjà et je rêvais que j'allais passer la nuit là, je pensais que l'on pourrait gonfler un matelas au pied de son lit, peut-être même qu'il y en avait un quelque part dans cette chambre, sûrement y en avait-il un dans la maison, on a toujours un matelas gonflable au cas où, je m'endormirais tranquillement à ses côtés en sachant qu'il est là, que je suis là, que tout homme dans sa nuit s'en va vers sa lumière (je crois que la phrase c'est ça ou quelque chose comme ça), que l'on passerait ensemble une longue nuit de retrouvailles.

Je n'ai pas su si c'est sa sœur ou ses parents qui ont appelé l'hôpital. Je n'aurai pas eu le temps de rencontrer son père dont j'imaginais le regard noir, Pardon monsieur bonjour je suis Guillaume un ami de Clément enchanté, Ah bon eh bien bonjour je ne savais pas que Clément avait invité quelqu'un. On a entendu l'ambulance venir de loin, Agathe avait la main sur la bouche prête à pleurer mais je me doutais de l'issue de cet après-midi-là, plus tôt sur le lit je m'étais demandé Combien de temps ça va pouvoir durer, comment ça va se finir cette histoire, mais on le savait bien. J'ai repensé à l'Italie, au voyage que l'on n'aura jamais fait, à l'amour vagabond que j'aurais écrit sur un balcon de Naples. En me levant pour embrasser Clément, je l'ai vu se baigner, m'adressant un signe de la main alors que je serais resté sur le sable à l'observer au loin, Clément comme un oiseau flottant sur la mer bleue. J'ai senti son souffle sur mes lèvres.

Épilogue

Son bureau était trop petit. La fenêtre était en hauteur, horizontale, typique de ces bureaux dits d'intersol à mi-chemin entre le rez-de-chaussée et le sous-sol. La magistrate m'écoutait, elle parlait peu, de temps en temps elle grattait son nez avec la paume de sa main dans un geste disgracieux qui semblait devenu un tic, elle le faisait sans penser qu'on le remarquait. Elle était vieille et ronde, colorée en blonde on voyait ses racines qui repoussaient, elle portait une grosse montre et un bandeau en velours vert, on pouvait l'imaginer dans un mariage bourgeois affublée d'une mantille qui ne lui irait pas. Elle était juge des enfants depuis très longtemps, ici en Bretagne, on la disait pétrie de convictions, on disait ses décisions équitables, les avocats murmuraient Elle est sévère mais juste. J'avais envie de lui parler, lui raconter, alors j'ai déballé toute l'histoire parce qu'il fallait tout reprendre depuis le début. J'ai pensé à ma mère et cru vomir, un poignard dans le ventre en me rappelant ses mains potelées qui me berçaient petit. Quand elle était jeune elle voulait devenir juge, juge des enfants comme cette magistrate, elle trouvait que c'était un beau métier juge des enfants, un métier grâce auquel on peut aider les gens, c'est important un juge, imposant, il a le poids des vies dans ses mains, elle disait que l'on doit se sentir grand de porter le poids des gens, que ça doit être gratifiant d'aider, de rendre le monde plus juste donc plus beau, que ce n'est pas donné à tout le monde de le rendre plus beau, ce monde, que les juges sont des gens un peu à part un peu au-dessus, des gens qu'on craint et qu'on admire. Ma mère aimait leurs décisions incontestables qui s'imposent à vous comme la main de Dieu. D'ailleurs c'est évident elle disait, y a qu'à voir, un tribunal c'est comme une église, y a que dans les tribunaux et les églises que les plafonds sont aussi hauts, que les acteurs portent des robes pour impressionner les spectateurs, faire peur, imposer l'autorité. Les tableaux remplacent les croix, l'autel devient estrade d'une cour où juge et assesseurs s'assoient comme un évêque et ses enfants s'inclinent devant l'idole, on y entend des prêches et le pardon, des sentences et l'oubli. Je voulais m'échapper pour la retrouver, ma mère, lui dire que tout cela n'était rien et que rien n'avait de sens. Je voulais sentir le parfum de la petite maison qu'elle louait près de la mer froide du Finistère, revoir la vieille chatte devenue aveugle. Je voulais m'occuper des rats, tuer tous les petits rats qui avaient envahi la chevelure de ma mère.

Vous avez dit, au début de notre audience, que vous aviez *balancé*, juste avant votre seconde fuite, le courrier de votre père dans votre sac dit la juge (j'écris *balancé* en italique parce qu'elle a prononcé le mot du bout des lèvres, comme une injure). Vous vouliez parler du courrier de Clément, j'imagine, enfin de sa sœur, n'est-ce pas ? Non non je dis, je parlais de la lettre enfin de toutes les lettres de mon père, celles qu'il m'a écrites quand j'étais au foyer, ce sont elles que j'ai mises dans mon sac, celle de Clément aussi sans doute je ne sais plus mais c'est surtout celles de mon père que je voulais conserver, pourquoi me direz-vous je ne sais pas, mais vous n'êtes pas ma psy je lui dis, alors je m'arrête là. À ma gauche, une tache se formait sur un mur. Il devait y avoir un toilette qui fuyait à l'étage du dessus. Le bureau était sans âme, sûrement parce qu'il en avait trop entendues, des âmes, leurs vérités qui se succèdent ou se tuent. Je voyais des singes commencer à se bousculer aux barreaux de la fenêtre, ils cherchaient à les dévisser pour entrer. L'un d'eux avait une grappe de raisin dans la main, volée dans la vigne voisine j'imagine. Se côtoyaient dans ce bureau les mêmes que d'habitude, l'avocat que je ne connaissais pas qui ne me parlait pas, la greffière, deux gendarmes et elle, la juge, mais aucun des membres de cet aréopage ne semblait voir les primates ou ne voulait les voir, ni eux ni la couleuvre enroulée dans un coin. J'étais face à elle et ma mère les deux femmes de ma vie je pensai, éphémères comme la loi. Les temps changent et la norme avec et un jour on se dira mon Dieu, vous vous rendez compte, autrefois on mutilait des enfants pour avoir volé du pain, on tranchait la gorge d'un homme qui en avait tué un autre, on enfermait des femmes infidèles, mon Dieu, on voulait soigner des garçons différents. Montaigne en son temps entrevoyait la folie comme une porte vers la sagesse, et puis un jour ça a merdé. La juge regardait autour d'elle en faisant mine de ne pas comprendre, elle s'est tournée vers mon avocat avant de chuchoter comme si je n'allais pas entendre, Il a des hallucinations de nouveau ? Le mec ne l'a pas ramené, il a probablement fait un signe de la tête mais je n'ai pas capté, je voyais trouble, les singes hurlaient. Elle a tendu un bras à l'extrémité droite de son grand bureau pour attraper un dossier qu'elle n'avait pas encore ouvert, enfin pas devant moi, Effectivement Guillaume le psychiatre m'a écrit pour me faire part des difficultés que vous rencontrez la nuit depuis la visite de votre mère. Il me dit que votre maman a évoqué de nouveau sa relation avec son père qu'elle venait de revoir, elle était très agitée selon le docteur qui l'a vue, il dit qu'elle paraissait très confuse elle aussi, vous l'avez remarqué ? Vous savez Guillaume, elle poursuivait en même temps la lecture du courrier, vous savez on a tous conscience ici que l'état de votre mère est lourd à gérer, et je ne suis pas médecin mais je veux vous rappeler que c'est normal d'avoir été déstabilisé. Vous savez, je ne vous apprends rien, c'est très souvent le cas en matière de violences sexuelles, les victimes peuvent se réveiller tardivement, amnésie post-traumatique pour certaines, culpabilité pour d'autres... Le cerveau, si je peux me permettre ce bon mot elle dit en pouffant, n'en fait qu'à sa tête ! Moi je voudrais seulement que vous n'arriviez plus à cette violence que je constate depuis quelque temps. Oh ils vont bien nos deux infirmiers, là n'est pas vraiment la question, ce sont de grands gaillards habitués, mais il ne faudrait pas que cela se reproduise. Vous êtes bien suivi à l'hôpital pourtant, vous vous portez mieux depuis que vous y êtes, vous le savez ? Votre traitement vous fait du bien. Non parce que c'est vrai que par le passé ça n'a pas toujours été simple et encore une fois avec ce que votre mère vous a mis dans la tête... Vous n'êtes pas responsable de ce qu'elle a enduré ! Votre maman, simplement, n'a pas su gérer tout cela et je ne l'accable pas plus qu'elle ne l'est déjà, il n'y a pas de mode d'emploi. Vous n'auriez pas dû être mêlé à tout cela, d'autant que vous êtes un garçon sensible. Bon, elle dit en bombant le torse les mains à plat sur son bureau, maintenant ça va pas trop mal hein, ça va aller ! Tout cela se soigne bien aujourd'hui ! Vous ferez un gros dodo ce soir en rentrant à l'hôpital. Maître, vous confirmez ? Maître je ne sais plus ce qu'il a dit, c'était un gland, pas un grand mais un gland voyez, maître il a dû sortir deux trois banalités et c'était réglé, Oui oui bien sûr madame la juge, de toute façon on sait bien que les avocats sont de leur côté, que juges et conseils se glissent des sourires entendus, si quelqu'un croit encore que maître Gland n'est pas de mèche avec la grosse décolorée qu'il lève la main, peut-être même qu'ils ont fait leurs études ensemble, des anniversaires et puis des mariages, des mariages de châteaux avec la mantille devant les yeux, ce serait bien son genre à lui aussi, la mantille en secret la nuit, quand sa femme s'est endormie. Et puis les singes hurlaient toujours hurlaient plus fort, ç'a commencé à me saouler à me taper vraiment sur le système, je dis Mais vous êtes sérieux les mecs vous faites genre y a rien, genre les singes sont pas en train de tout casser là vous avez remarqué qu'ils vont bientôt y arriver qu'ils vont réussir à rentrer vous allez faire quoi ? tranquilles vous leur offrez du thé ? Ils avaient l'air ahuri, pas deux sous de jugeote les deux, elle m'a dit un truc du style Mais qu'est-ce que vous racontez enfin allons, elle faisait vraiment comme si y avait rien, allons allons, je trouvais ça insupportable c'était pour dire Mais enfin calme-toi tout va bien se passer prends tes petits comprimés il n'a pas pris ses comprimés ? Il fait une crise là, je l'ai entendue dire ça, il fait une crise là, alors j'ai explosé. Je me suis jeté sur le bureau et j'ai tout fait valser. Ses dossiers ses papiers j'étais bien je respirais enfin à grandes inspirations, j'étais grand tout à coup bien plus grand qu'eux, elle s'est mise à hurler moi je rigolais, j'étais si haut que je voyais enfin par la fenêtre, la fenêtre de ce bureau d'intersol par laquelle personne ne voyait jamais rien parce qu'elle était trop haute, j'apercevais le jardin les allées et ceux qui les foulaient ; les singes étaient partis, ils avaient sans doute eu peur de moi.

La fenêtre entrouverte invitait la douceur du printemps, il faisait beau, du haut de ma tribune j'ai senti une caresse sur mon visage et puis je l'ai vue, la couleuvre, elle avait réussi elle était sortie, elle sifflait m'appelait me montrait le chemin, la couleuvre faufilée entre les roses que personne ne voyait.

Ce jour-là, j'avais une robe dont les motifs rappelaient ceux de mon pantalon, celui qu'un jour j'avais porté dans la cour de l'école. En m'accueillant dans son bureau trop petit, la juge avait paru surprise de ses propres mots :

« Elle ne vous va pas si mal, cette robe. »

Je me suis demandé si le ciel avait tracé mes fêlures à dessein pour éloigner la torpeur. Je porte en moi la force de ceux qui n'en ont pas eu besoin. J'ai longtemps pensé avoir payé ma liberté de la leur.

La citation page 60 est extraite d'*À la demande d'un tiers*, de Mathilde Forget, paru aux éditions Grasset, en 2019.

Le récit évoqué page 117 est *À la folie*, de Joy Sorman, paru aux éditions Flammarion, en 2021.

La chanson citée page 69 et dont ce roman tire son titre est « Kill Your Sons », de Lou Reed, sortie en 1974.

Composition et mise en pages
Nord Compo à Villeneuve-d'Ascq

Achevé d'imprimer en France
par CPI Firmin-Didot
en mai 2022
N° d'impression : 169833